고기

— 어느 도살자의 이야기

고기 — 어느 도살자의 이야기

초판 1쇄 펴낸 날 2012년 9월 20일

지은이 • 마르틴 하르니체크 **| 옮긴이 •** 정보라 **| 펴낸이 •** 임형욱
편집장 • 정성민 **| 디자인 •** AM **| 영업 •** 이다윗

펴낸곳 행복한책읽기 **| 주소** 서울시 중구 필동3가 15 문화빌딩 403호
전화 02-2277-9216,7 **| 팩스** 02-2277-8283 **| E-mail** happysf@naver.com
출력 신화 **| 인쇄 제본** 동양인쇄주식회사 **| 배본처** 뱅크북
홈페이지 www.happysf.net
등록 2001년 2월 5일 제2-3258호 **| ISBN** 978-89-89571-78-0 03890 **| 값** 10,000원

6 작가의 발견

어느 도살자의 이야기

마르틴 하르니체크 지음

정보라 옮김

행복한책읽기

차 례

고기 7

고기

어느 도살자의 이야기

고기

그러니까 시장에 들어간 것은 현명한 일이 아니었다. 그런 건 들어가자마자 깨달았어야 했다 — 깨닫고 물러났어야 했다. 사실은 그럴 생각도 해 봤지만, 허기와 피로, 그리고 이 흘러넘치는 고기 사이를 걷고 싶은 열망이 이성보다 강했다.

그때까지는 고기 카드가 한 장도 없었다. 만약에 경찰이나 아니면 푸주한이 나를 붙잡아 그 사실을 확인했다면 끝장이었을 것이다. 그런 건 나 자신도 확실히 알고 있었다. 그 어떤 말로 둘러대도 빠져나올 수 없었을 것이고, 시장의 고기를 넘볼 생각 따위는 전혀 없었다는 것, 훔칠 의도가 아니었다는 걸 설명조차 하지 못했을 것이다. 그들의 법규는 분명했다. 시장에서 카드 없이 고기에 손을 대는 사람은 모두 도살된다.

그래도 시장에 남아 있으면서 검문의 위험에 노출되지 않기 위해서는 한없이 조심스러워야 했다. 가장 안전한 곳은 일급실일 것이다. 여기서 카드를 고기로 바꿔 가는 사람들은 검문조차도 특별히 면제되었다. 대단한 권력이 있는 사람들이니까 카드도 그렇게 많이 가지고 있는 것이고, 그래서 경찰도 너무 귀찮게 할 용기는 내지 못하는 것이다, 최소한 여기, 시장의 일급실 안에서는.

그러나 한편으로는 여기서도 또한 모든 고객을 대상으로 갑작스럽고도 철저한 검문을 실시했는데, 그 이유는 바로 이곳이야말로 이론상으로 절대 검문을 하지 않는 곳이었기 때문이다. 경찰은 잘 알고 있었다. 카드가 한 장도 없는 나 같은 수많은 사람들이 안전한 일급실을 악용하면서, 여기서는 괜한 눈길을 끌지 않을 것이고, 심지어는 운이 좋으면 뭔가 슬쩍할 수도 있을 거라는 헛된 희망을 품고 버티는 것이다.

게다가 일급 고기를 가진다는 건 그 자체로 굉장한 일이다! 완전히 신선하고 품질이 좋은데다, 죽은 시체에서 나온 고기가 아니라는 것이 분명하기 때문이다. 일급실은 사실 넓지 않았고 이급이나 삼급실보다는 확실히 작았지만 여기 고기는 정말로 완벽했다. 여기서 음식을 구해 갈 형편이 되는 사람은 그다지 많지 않았다. 일급실에서 고기를 바꾸려면 카드를 많이 써야 했지만, 진짜로 여기서 장을 볼 형편이 되는 사람이라면 틀림없이 만족할 것이다.

이급실은 확연히 더 넓었고 훨씬 많은 사람들이 여기서 발길을 멈추었다. 이급실 안에는 사실 신선하지는 않지만 그래도 도살해서 얻은 것이 확실한 고기가 진열되어 있었다. 일급실에서 팔리지 않아서 곧 상하기 시작할까 싶은 고기를 공급받는 것이다. 여기에는 도살해서 얻지 않은 고기도 있었다. 그러니까 시체에서 나온 고기지만, 그래도 신선하다. 이급실에서 장을 보는 경우는 일급실보다 흔했고 그래서 이곳에는 훨씬 더 많은 사람들이 찾아왔다. 고객, 푸주한, 그리고 경찰들. 왜냐하면 이급실은 너무나 붐벼서 종종 여러 가지 절도 사건이 일어났기 때문이고, 또한 그래서 이곳의 경찰과 푸주한들은 일급실보다 훨씬 더 자주 더 꼼꼼하게 검문을 실시했다. 카드 없이 이곳에 들어오는 만용을 부리는 사람은 틀림없이 잡힌다고 생각하면 되었다.

아닌 게 아니라 이곳에는, 소위 가난한 등급이라고 하는 삼급실과 마찬가지로 믿을 수 없을 정도로 많은 인간쓰레기들, 최저질의 인간들이 찾아왔다. 그들은 대부분이 경찰이나 푸주한들과 잘 알고 지내서 주머니에는 카드를 최소한 한 장, 많아봤자 몇 장 지녔을 뿐이지만 하루에 몇 번이나 검문을 당해도 상관없는 사람들이었다. 아무도 이런 사람들을 시장에서 쫓아내지 않았고, 경찰은 심지어 이런 사람들을 좋게 생각했는데, 왜냐하면 이런 인간쓰레기들은 경찰이 카드가 없는 것으로 의심되는 사람을 눈여겨보게 해서 붙잡도록 도와주는 일이 자주 있었기 때문이다. 그러나 경찰이나 푸주한들과 좋은 관계를 유지한다고 해서 인간쓰레기들이 보호받는 것은 절대 아니었다. 그들 중 누군가 카드를 잃어버리거나 아니면 다른 이유로 카드가 없어진 상태에서 검문을 받아 그런 사실이 드러나면, 시장에서 카드 없이 붙잡힌 다른 모든 시민과 마찬가지로 도살을 면할 수 없었다.

인간쓰레기들이 어떤 방법으로 카드를 얻는지 나는 확실히 알 수 없었다. 이런 사람들은 대부분의 경우 시장을 한 번도 떠나지 않거나 대체로 떠나지 않았다. 그들이 시장 밖에 나가 있는 시간은 아주 짧다는 게 확실했는데, 그래서 어떻게 카드를 구할 시간을 내는 것인지 상상하기 힘들었다. 카드를 몇 장 가지고 있다 해도, 언제나 기운을 잃지 않게 해줄 고기 한 점을 가지고 있다고 해도, 그들은 분명히 그 카드를 여기 시장에서 직접 구했을 것이다. 아마도 이런 인간쓰레기들의 서비스 덕분에 고기가 떨어질 염려를 하지 않게 된 푸주한이 그런 서비스를 고맙게 여겨서 카드를 주는 것으로 보상하는 것 같았다. 인간쓰레기들은 비록 이런저런 방식으로 경멸을 당하기는 했지만 그래도 푸주한들의 동업자였고 경찰의 동업자이기도 했다.

하지만 이런 추측은 틀렸을 수도 있다. 모든 일은 훨씬 더 간단할지도 모른다. 어쩌면 인간쓰레기들은 장을 보러 온 사람들에게서 훔쳐내는 방법으로 카드를 구하는 것일 수도 있다. 그렇게 훔치는 것은 보기보다 훨씬 더 안전했다. 시장의 고기를 훔친 죄로 붙잡힌 사람들은 도살을 당하게 된다. 그럴 의도가 있다는 의심만 받아도 죽음을 당한다. 그런데 장을 보러 온 개인의 카드를 훔치면 처벌을 받지 않았다 — 최소한 항상 처벌을 받는 것은 아니었다. 반대로 도둑질을 당한 사람이 자기 카드를 돌려달라고 요구한다면, 카드를 잃었다는 사실을 푸주한이나 경찰이 알게 된다면, 그 사람 자신이 검색을 당하게 된다. 만약 카드를 전부 도둑맞는 일이 벌어진다면, 한 장도 남아 있지 않다면, 처음부터 카드 없이 시장에 들어온 경우와 같은 결과가 된다 — 바로 시장에서 고기를 훔치려 했다는 의심을 받게 되는 것이다! 그래도 때때로, 아주 드물기는 해도, 고기가 정말로 부족할 때는 도둑질을 당한 운 나쁜 사람뿐 아니라 도둑질을 한 것으로 의심되는 부랑자까지, 주머니 가득 카드를 가지고 있었더라도 도살당하게 되는 경우도 있었다. 그래, 그런 일도 일어났다. 그 모든 경우에도 불구하고 부랑자들이 그런 방법으로 카드를 구한다고 감히 확실하게 말하지는 못하겠다. 자기 카드를 충분히 가지고 있어서 부랑자를 동정하는 사람에게서 얻은 것일 수도 있기 때문이다. 사실 인간쓰레기들은 시장에서 구걸도 좀 했다.

물론 다른 한편으로는 카드를 아무리 많이 가졌더라도 돌아다니는 부랑자에게 쓰라고 자발적으로 내줄 사람이 없긴 하다. 카드를 충분히 가진 사람은 그보다는 인간쓰레기들에게 출입이 금지된 일급실에서 고기를 바꾸는 쪽을 택했다. 물론 때때로 그곳에도 인간쓰레기가 숨어드는 일이 일어났지만, 그래도 그런 부랑자들은 경찰이나 푸주한에게 얼굴이 알려지거나 처벌을 받는 위험에 노출되었다. 주머니에 카드가 한 장도 없기는 했지만 나로서는 일급실에 들어가는 편이 훨씬 더 쉬웠다. 얼굴이 알려지지 않았고 부랑자로 보이지도 않았기 때문에 간단했던 것이다.

일급실은 카드를 가지고 있을 때만 들어갈 용기를 낼 수가 있었다. 그러나 그곳에서 장을 보는 사치를 누릴 만큼 그렇게 카드를 많이 가졌던 적은 한 번도 없었다. 그래도 그 완벽한 고기 옆에 서서 고객의 뒤를 따라다니는 푸주한들의 정중한 눈을 바라보며 최소한 짧은 순간이라도 더 나은 사람이 된 듯한 기분을 느끼는 것은 즐거운 일이었다.

나에게, 그러니까 일생에서 고작 몇 번만 이급실에서 장을 본 적이 있고 그 외에는 언제나 삼급실에만 가 본 나 같은 사람에게 일급실은 꿈같은 곳이었고, 언젠가 이 세상을 떠나게 되었을 때 무슨 수를 써서든지 들어가 보고 싶은 그런 곳이었다. 나는 어떻게든 일급실에서 장을 보는 사람들 사이에 끼는 것을 꿈꾸었고, 영적인 가치에 대해서는 별로 아는 것이 없었지만 이런 겸손한 소망이 언젠가는 이루어지리라는 희망을 갖고 있었다.

소위 가난한 등급이라 하는 삼급실은 주머니에 카드가 한 장도 없는 사람에게는 가장 위험한 장소였다. 최소한 조직적인 검문이라는 관점에서 가장 위험했다.

여기서는 언제나 검문이 진행중이었다. 거대한 삼급실 전체에 경찰이나 푸주한들이 조를 짜서 돌아다녔는데, 그런 정찰조의 모습은 오로지 공포심과 그들을 피하고 싶은 열망만을 불러 일으켰다. 그러나 삼급실 자체가 너무 넓었기 때문에 여기서 그들의 손에 잡힐 위험은 그다지 크지 않았다. 만약에 경찰이 다가온다면 안전한 장소로 옮겨 가거나 그저 삼급실을 재빨리 나와 버리는 것만큼 쉬운 일도 없었다. 여기에 인간쓰레기들이 더 많았다. 이런 부랑자들은 의심 가는 사람이면 아무나 경찰에게 찌를 수 있었고 의심받은 사람이 도망가려 할 경우에는 붙잡을 수도 있었지만, 그럼에도 불구하고 경찰이 다가올 경우 이곳은 이급실만큼 위험하지 않았다.

삼급실에서는 누가 카드를 가졌고 누가 그렇지 않은지 구분하기 매우 어려웠다. 고객과, 인간쓰레기와, 고기를 바라보는 즐거움이라도 맛보려고 이곳에 온 사람과 정말로 도둑질을 할 생각으로 와 있는 사람들 사이에 별 차이가 없었다. 이곳에 모여 있는 거대한 군중은 마치 단조롭게 썩어가는 가난을 표출하는 것 같았고, 그 속에서 푸주한과 경찰의 밝은 빨간색 제복만이 그 단조로움을 깨뜨렸다.

시민의 거의 대부분이 여기 삼급실에서 장을 보았다. 그들이 고기 값으로 내놓는 카드는 다 모아봤자 별로 많지 않고, 여기 고기는 실제로 저렴한데, 물론 이급실에 비해서 싸다는 것이었다.

구역질나는 악취가 이곳을 지배했다. 그러나 나처럼 이렇게 삼급실에 자주 오는 사람에게는 전혀 아무렇지도 않았다. 여기서 카드를 내고 얻을 수 있는 고기는 사실상 고기가 아니었다. 그것은 요리를 하거나 어떤 다른 방법으로 처리를 한 후에야 겉보기로나마 음식을 연상시킬 수 있는 어떤 덩어리일 뿐이었다.

그것은 이전에 이급실의 판매대 위에 놓여 있던 죽은 고기였다. 도살해서 얻은 고기, 처음에는 일급실에서, 그 다음에는 이급실에서 썩기 시작해서 마지막으로 창고에 얼마간 놓여 있다가 심하게

냄새를 풍기게 되어 삼급실로 넘어와 진열된 것이었다. 전부 오래
됐고 안은 벌레로 꽉 찼고 혐오스럽다. 게다가 푸주한들은 이급실
에서 밀려 내려온 고기를 삼급실에서 제공할지 말지 전혀 신경 쓰
지 않을 수도 있었을 텐데, 삼급실 판매대에 고기를 던져 넣기 전에
앞서 말한 창고에 일부러 며칠간이나 묵혀두곤 했다. 마치 삼급실
에서 장을 보는 사람들은 겉보기만이라도 신선해 보이는 음식을 즐
길 권리조차 없다는 듯이.

그래서 유일하게 가지고 있던 카드 한 장조차 없이 시장에 들어
섰을 때 나는 일급실로도 이급실로도 향하지 않고 삼급실로 숨어들
었다. 이곳은 넓고 사람이 너무 많아서 아주 약간이나마 안전하다
고 느낄 수 있었다.

카드를 갖고 있지 않았으므로 나는 이곳에 있을 이유도 권리도
없었다. 그래도 나는 배가 고팠고, 고기, 냄새나는 고깃조각을 바라
보는 것이 기뻤다. 그 고기를 빨간 제복을 입은 푸주한들이 능숙하
게 더 작은 조각으로 잘라냈고, 카드를 갖고 와서 고기와 맞바꾸겠
다고 결심한 사람들에게 썩어 흐늘거리다시피 하는 음식물을 건네
주었다.

나는 이미 자기 고기를 가진 사람들을 관찰했다. 그들은 아무도
잡아채지 못하도록, 훔쳐가지 못하도록 고기를 단단히 안고 있었

다. 그렇게 그들은 고기를 단단히 안고 사람들 사이를 헤치며 출구 쪽으로 나아갔는데, 그 바깥에서는 더 신선한 공기를 호흡할 수 있었다. 나는 기꺼이 그들과 함께 밖으로 나갈 수도 있었지만, 밖에 나갔어도 아무 것도 얻지 못했을 것이다. 오히려 이 아름다운 광경, 눈앞에 고기가 펼쳐진 광경을, 뱃속의 괴로움을 느끼며 굶주린 시선으로 파고들었던 이 광경을 잃게 될 것이었다.

운을 시험해보면 어떨까 하는 생각이 떠올랐다. 인간쓰레기들이 주머니에 카드를 가진 사람들에게서 도둑질을 하는 데 성공한다면 그 비슷한 일을 나도 해내지 못할 이유가 뭐란 말인가 — 그리고 그 후에 그렇게 도둑맞은 사람이 나를 붙잡고 경찰과 푸주한들도 나를 붙잡는다고 해도, 어떻게 된단 말인가 — 훔친 카드를 갖고 있는 건 나일 것이고, 그러니까 경찰에게 나를 데려간 그 사람이 도살당하게 될 것이다. 판매대는 고기로 가득 차 있으니까 내가 도축 당하러 끌려갈 걱정은 하지 않아도 된다. 여기에 고기가 충분히 있다면, 방금 도축한 것을 내놓는 일급실에도 분명히 고기가 많이 있을 것이다.

주머니에 카드를 갖고 있다면, 유일한 카드 한 장이라도 갖고 있다면, 나는 검문을 두려워하지 않아도 될 뿐만 아니라 고기 한 조각을 구할 수도 있을 것이다. 카드를 고기로 바꾸어서 가슴에 꼭 안고, 카드를 맞바꾸어 고기를 구한 다른 사람들처럼 조용히 떠날 수 있을 것이다.

그러나 다른 한편으로는 설령 고기를 구한다고 해도 그걸 어디서 요리해 먹을 수 있을지, 그걸 들고 어디로 갈지 나는 알지 못했다.

왜냐하면 벌써 며칠째 지낼 곳이 없는 상태였고, 그래서 사무소에서 고기 카드를 받아올 권리를 잃었기 때문이다. 이렇게 한심한 지경이 되도록 상황이 변한 것은 자연스러운 일이었다. 나는 이미 오래 전부터, 사실 기억조차 나지 않을 때부터 이렇게 되는 걸 겁내 왔었다.

나는 몇몇 동료들과 함께 무너져가는 조그만 목재 건물의 허름한 방을 함께 쓰고 있었는데, 그 집은 어떻게 된 기적인지 알 수 없지만 상상조차 못 할 정도로 오랫동안 제 기능, 즉 거주지로서의 기능을 해내고 있었다. 그 조그만 집은 도시 변두리에 거의 외따로 떨어져 있었는데, 왜냐하면 다른 목재 건물들은 모두 다 오래 전에 땔감으로 사용되어 버렸기 때문이다. 그 집은 보잘것없는 헛간이라고 하는 편이 옳았고 그 안은 춥고 더러웠지만, 그럼에도 불구하고 나와 함께 수십 명의 거주자가 늘어붙어 있었다. 거기서 사는 게 행복했다는 말은 아니지만, 그래도 머리 위에 지붕이 있었고 또 그렇기 때문에 고기 카드를 받을 권리가 있었으며, 그 카드 덕에 목숨을 부지할 수 있었다.

거기서 같이 시간을 보낸 동료들도 눈에 띄게 훌륭한 사람들은 아니었다. 그들도 나와 똑같은 비렁뱅이들이었다. 우리는 서로 물어뜯고 싸웠고 서로 못 견뎌했으며 가진 것도 없이 서로 모든 것을 질투했지만 그래도 어떤 공동체의 일원이었다. 그렇게 된 것은 바로 그때까지 버려진 구역에서 카드라는 형태의 원조를 받을 권리를 가진 유일한 사람들이 되면서부터였다. 또한 우리를 하나로 묶어준 것은 그런 특권을 언제라도 잃어버릴 수 있다는 자각이었다.

며칠 전에 나는 우리의 목조 건물이 언젠가는 분명히 피할 수 없을 운명을 아직 맞닥뜨리지 않았다는 사실에 만족하면서 카드를 고기와 바꾸기 위해서 시내로 갔다. 물론 삼급실에서 장을 보았다. 다른 곳에 고기를 구하러 간 적은 없다. 그럴 방법이 없었기 때문이다. 나는 시장에서 운 좋게도 겉보기에 괜찮은 고깃조각을 구했는데, 냄새가 그다지 심하게 나지 않는다고 할까, 이 가난한 삼급실에서 정상이라 여겨지는 그런 무시무시한 냄새가 나지 않는 고기였다. 나는 보통 때처럼 고기를 가슴에 꼭 껴안고 출구 쪽으로 빠르게 움직였다. 시장을 나와야만 비로소 어떤 인간쓰레기가 고기를 빼앗아 가지 않겠구나 하는 희망을 가질 수 있는 것이다. 나는 내 고기를 요리할 것이라는 생각에 기뻤고, 이렇게 성공적으로 장을 본 것을 같이 사는 사람들이 얼마나 질투할지 상상했다.

빠른 걸음으로 집까지 가는 가장 짧은 길을 택했지만, 그래도 어쨌든 집까지 가는 데는 꽤나 오래 걸렸다. 도시는 날이 갈수록 상상도 못 할 폐허가 되어 무너져가면서도 이전의 구역을 그대로 유지하고 있었다. 변두리에서 중심부까지는 꽤나 멀었다. 집에서 시장으로 갔다가 다시 돌아오려면 한 시간 정도 걸렸다.

나는 그다지 서두를 필요는 없었다. 서둘러봤자 할 일이 없었기 때문이었다. 사실 나의 유일한 일거리는 카드를 받으러 사무소에 가는 것과 고기를 구하러 시장에 가는 것뿐이었다. 그러나 주머니에 카드를 넣고, 혹은 손에 고기를 들고 시내를 다니는 것은 위험했다.

사방에 수많은 비렁뱅이들이 헤매고 다녔고, 이들은 오로지 겉보기에 카드나 고기를 가졌을 것 같은 사람이면 아무에게나 덤벼들어도둑질할 기회만 노리고 있었다. 절대로 과장하는 것이 아니고, 그날 나에게 일어난 사건이 그 증거이다.

우리의 목조 건물까지 절반도 채 가기 전이었는데, 어느 냄새 고약한 골목길에서 어떤 부랑자 둘이 불쑥 나타났다. 그들은 내게 덤벼들어 나의 고기 한 점을 빼앗으려 했다. 그것은 절대적으로 위험한 상황이었다. 내가 가진 것을 지키지 못할까봐 위험했다는 것은 아니다. 두 사람 모두 믿을 수 없을 정도로 말라비틀어지고 지쳐 있어서, 몇 대 때려주는 것으로 쉽게 처리하고 쫓아버릴 수 있었다.

그러나 이런 행동 때문에 순찰 경관의 눈에 띌 위험이 있었다. 사실 어마어마한 숫자의 순찰 경관들이 도시를 돌아다니고 있었다. 만약에 내가 그 부랑자 두 사람을 때리는 도중에 경찰관에게 들켰다면 그 부랑자들은 분명히 완전히 거짓된 설명을 늘어놓았을 것이고 경찰은 곧바로 내가 불법적인 도살을 시도했다고 생각했을 것이다.

그런 경우에 나는 좋은 꼴은 하나도 보지 못했을 것이고 도망치지도 못했을 것이다.

나는 그 자리에서 죽임을 당했을 것이다. 경찰의 오해를 해명할 시간이나 기회가 있으리라는 생각은 오산이다. 경찰은 붙잡은 사람들의 말을 듣느라 시간을 낭비하는 짓은 절대로 하지 않았다. 그들의 임무는 가능한 한 많은 양의 고기를 시장에 공급하는 것이었고, 공급량에 비례해서 카드로 보상을 받았기 때문에 자기에게 유리한 방향으로만 행동했다. 그들은 죄가 있거나 죄가 없는 사람들을 가능한 한 많이 죽였다. 그러므로 경찰은 물론 나에게서 고기를 훔치려던 두 사람도 나와 함께 모두 다 도살했을 것이다. 왜냐하면 그 부랑자들 또한 나를 불법적으로 도살하려 했다는 의심을 받았을 것이기 때문이다.

　다행히도 공격했던 사람들도 이 점을 알고 있었고 그래서 누군가에게 덤벼들기 전에 먼저 어딘가 가까운 곳에 경찰이 있는 건 아닌지 꼼꼼히 둘러보았다. 그러나 이런 아무리 확인을 해도 언제나 미심쩍을 뿐 완전히 안전하다는 확신은 얻지 못했다. 왜냐하면 경찰은 종종 가장 예상하지 못했던 순간에 나타났기 때문이다. 경찰은 훈련받은 남자들이었고 달리기를 굉장히 잘 했다. 낮이나 밤이나 사실상 다른 일은 아무 것도 하지 않고 오로지 도시를 뛰어다니며 도살을 할 뿐이었다. 시체를 시장으로 들여가는 일에는 전혀 관여하지 않았다. 그것은 푸주한 조수들의 임무였는데, 수많은 조수들이 수레를 끌고 도시를 돌아다녔다. 언제나 그들 중 몇몇이 수레에 붙어 서 있다가 경찰이 미리 자기 관할서의 상징 문양을 보여서 신호를 해 두면 도살당한 사람에게 가서 시신을 수레에 싣고 시장으로, 일급실로 실어 갔다.

　내가 지금 이야기하는 그날은 다행히도 근방에 순찰 경관의 모습이 전혀 보이지 않았다. 나는 덤벼든 사람들을 쫓아버린 후에 우리 집 방향으로 계속 걸어갔다.

　최소한 그 순간에는 내가 우리 집 방향으로 가고 있는 것 같았다. 그러나 현실은 달라져 있었다. 한때 건물이 서 있던 자리에 가까워졌다. 내가 없는 동안, 그래도 내가 없었다는 사실이 보통이 아닌 행운이었는데, 마침내 내가 그렇게 오랫동안 두려워했던 일, 즉 내 보금자리가 철거되는 일이 벌어지고야 만 것이다.

존재하는 유일한 음식물은 바로 고기였다. 그러나 고기는 날것으로 먹을 수 없었다. 최소한 가장 많은 고기, 이급과 삼급 고기는 그랬다. 어쩌면 일급 고기, 신선하고 전혀 부패의 징후가 없는 고기라면 조리하지 않고도 먹을 수 있을지 모르겠지만, 그런 고기를 살 형편이 되는 사람들은 땔감을 바꾸기에도 충분할 정도로 카드를 많이 가지고 있을 것이다.

그러나 땔감은 모자랐다. 땔감이 완전히 없어져서 고기를 날것으로 먹어야만 하는 순간이 곧 닥치리라는 것을 예상할 수 있었다. 당장은 그런 상황에 처하는 것을 가능한 한 미룰 수 있었다. 목재나 다른 태울 수 있는 재료로 된 것은 전부 부수어 잘라서 창고로 옮겨갔다. 그 뒤에 그런 창고에서 약간의 땔감을 얻기 위한 카드를 받을 수 있었는데, 양이 너무나 적어서 고기 한 점 정도 간신히 요리할 수 있는 분량이었다.

나는 언제나 카드의 절반을 땔감으로, 다른 절반은 고기로 바꾸었다. 그럼에도 불구하고 종종 고기를 그저 살짝 데우기만 해서, 겉보기로만 요리되어 여러 가지 불만족스러운 점이 많은 채로 먹곤

했다.

나무로 된 집에서 사는 사람들은 언제나 경찰의 특수 순찰대, 즉 창고의 목재를 보충하라는 명령을 받은 순찰대가 갑자기 나타날 수 있다는 위험을 안고 살았다. 그래도 나무로 만든 집은 아주 적은 숫자만 남아 있었고, 우리 집은 그런 마지막 집들 중 하나였으므로 나는 그 집이 그렇게나 오랫동안 시 정부의 눈길을 피할 수 있었다는데 그저 놀랄 뿐이었다.

결국은 그 집에도 그렇게 때가 왔고, 나는 다행히도 철거 작업이 벌어지는 동안 집에 없었다.

목조 가옥에서 사는 사람들은 머리를 가려주던 지붕을 빼앗기게 되었으며 그러므로 카드를 받을 권리도 잃게 되었다는 슬픈 사실을 갑자기 맞닥뜨리면 종종 저항했다. 경찰이 거주자에게 집이 철거될 것이며 그러므로 비워야 한다고 통보하는 순간, 패닉에 빠진 사람들은 그 말에 따르지 않으면 보금자리를 지킬 수 있을 것이라고 판단했다. 과거의 셀 수 없이 많은 경우들에 비추어 그런 불복종이 어떤 결과를 가져오는지 모두 다 알고 있음에도 불구하고 사람들은 순진하게도 자기에게만은 그런 무서운 일이 일어나지 않을 것이며 자신의 경우는 완전히 다를 것이라고 예상했다.

단지 몇 안 되는 사람들만이 경찰의 명령을 듣고 철거가 예정된 집을 비웠다. 가장 흔한 경우는 거주자들이 집의 철거 작업이 중지될 것이며 자기들은 구제될 것이라는 말도 안 되는 희망을 가지고 안에 남아 있는 것이었다.

그렇게 되면 말할 필요도 없이 그들은 전체적으로 가장 중대한 범법 행위를 저지르는 것이 되고, 그런 범법 행위의 결과로 뒤따라올 수 있는 것은 단 한 가지뿐이다.

도살.

경찰 권력에 대항하는 것은 언제나 이 한 가지 결과만을 가져왔다. 다른 죄목이라고 해서 별다른 방법으로 처벌한다는 것은 아니지만, 그러나 도덕적인 관점에서 경찰의 명령에 따르기를 거부하는 것은 가장 중대한 범죄로 여겨졌다.

명령을 받고도 거주자들이 집을 비우지 않으면 경찰은 절대로 기다려주지 않았다. 떼를 지어 집 안으로 몰려 들어가서 하나씩 죽였다. 그들은 도살하는 데 전혀 거리낌이 없었다. 왜냐하면 행동을 개시하기 전에 이미 저항을 받으리라는 것을 예상하고 언제나 창을 미리 꼼꼼하게 갈아두기 때문이다.

상황은 우리 집에서도 물론 동일하게 흘러갔다. 한때 집이 서 있던 자리에 다다랐을 때 나는 함께 살던 사람들이 거의 전부 도살당해 무더기로 쌓여 있는 것을 언뜻 보았고 또 푸주한의 조수들이 그

빨간 제복을 입고 시체를 수레에 싣기 위해서 준비하는 것도 보았다.

또한 우리 집이었던 것이 이제 목재만 남아서 곱게 쌓여 경찰의 경비를 받고 있는 것도 보았다. 경찰은 창고지기들이 목재를 창고로 실어가기 위해 거대한 수레를 끌고 올 때까지 기다리고 있었다.

나는 모든 권리를 잃었다.

그래도 어쨌든 끝장나지는 않았다.

경찰이 집을 철거하기 위해서 왔을 때 내가 집에 있었다면 분명히 목숨을 구하지는 못했을 것이다. 나도 분명, 오로지 푸줏간으로만 이어지는 그 무시무시하게 파괴적인 확신 — 즉 안에 남아 있으면 집이 철거되지 않을 것이라는 생각에 몸을 맡겼을 것이다.

그러나 제정신을 지켜서 집에서 나가기로 결심했다고 해도 나는 또 다른 위험에 처하게 되었을 것이다. 나와 같이 사는 사람들로서는, 한 명이라도 그런 식으로 나가게 되면 경찰이 거주자 전원이 복종한다고 여길 것이라 생각할 수도 있었다. 거주자들은 내가 경찰에 복종하는 것이 자기들에게 해가 된다고 확신할 것이었는데, 왜냐하면 집의 거주자들 사이에 의견이 일치되지 않음을 보여주기 때문이었다. 그들은 나를 붙잡으려 했을 것이고, 내가 저항했다면 불법적인 도살을 시도했을 수도 있었다. 그런 경우에는 그들 자신도 경찰의 손에 던져지게 되었을 텐데, 왜냐하면 불법적인 도살에 대한 처벌은 오로지 단 하나, 도살이기 때문이다.

이것은 나의 추측이 아니다. 철거지로 지정된 모든 집에서 실제로 이런 일이 벌어졌고 만약에 누군가 집에서 나오려면 먼저 같이 살던 사람들과 온 힘을 다해 싸워야만 했다. 같이 살던 사람들은 그가 배신한다고 추정하고 막으려 했기 때문이다.

집에 무슨 일이 일어났는지 보았을 때 나는 절망에 빠지지 않았다. 그 주된 이유는 오래 전부터 집이 그렇게 끝장나리라는 것을 예상했기 때문이었다. 뿐만 아니라 그때까지도 고기 한 점을, 시장의 가난한 삼급실에서 카드를 주고 얻어온 고기를 손에 쥐고 있었기 때문이다.

나는 우리 집이 있었던 자리에 오래 있지 않았다. 그럴 필요가 없었다. 그 장소 자체에는 아무런 감정도 남아 있지 않았고, 같이 살던 사람들이 죽었다는 사실은 내게 오직 한 가지만을 뜻했다. 나는 그들의 시체에서 나온 고기를 보았다 - 내가 절대로 장을 보러 갈 수 없을 등급인 시장의 일급실에 진열될 고기, 그러므로 나로서는 입수할 수 없는 고기를 보았다. 일급실이나 이급실에서 카드로 교환되지 않는다면 그들을 다시 만날 수 있는 것은 삼급실 뿐이었다.

만약에 그 고기가 삼급실로 내려온다 해도, 나는 어쨌든 그들의 고기를 손에 넣지 못할 것이라는 사실을 깨달았다. 바로 그날 마지막 카드를 지금 손에 들고 있는 고기와 맞바꾸었고, 집이 철거되었으므로 사무소에서 카드를 받아올 권리를 잃어버린 것이다.

그러므로 나는 거의 아무 것도 가진 게 없었다. 머리를 가릴 지붕도 없었고, 카드를 받을 권리도 없었고, 손에는 요리할 곳이 없는 고기 한 점뿐이었다. 다름 아닌 오늘, 보통 때와 같이 그렇게 냄새가 나지 않는 아주 좋은 고기를 구했다는 생각이 나를 기쁘게 했고, 그 고기를 있는 모습 그대로, 날것으로 먹어도 분명히 괜찮으리라고 나는 확신했다.

고기를 먹는 일을 너무 오래 미루어서는 안 되었다. 무슨 일이 있어도 가능한 한 빨리 먹어치워야만 했다. 그 이유는 두 가지였다. 그날은 예외적으로 더워서, 심한 굶주림에 못 이겨 힘겹게 고기를 삼켜야 할 때까지 기다렸다가는 고기에서 견딜 수 없이 불쾌한 냄새가 날 수도 있었고, 그러면 날것으로 먹으려던 마음이 사라질지도 모른다. 또한 고깃조각을 들고 시내를 돌아다니는 것은 안전하지 않았다. 그러다가는 남에게 속한 권리를 빼앗으려 드는 굶주린 불한당들의 희생물이 되기가 십상이기 때문이다.

나는 고기를 들고 좀 더 조용한 장소로 갔다. 그곳에서는 강도짓을 할 생각이 있는 것으로 의심되는 사람을 모두 관찰할 수 있었다.

나는 먼지투성이 더러운 돌덩이 위에 앉아서 고기를 꼼꼼히 들여다본 뒤에 첫 한 입을 베어 물었다.

고기는 질겼고 꽉꽉 씹어야만 했다. 그러나 나는 시간이 많았다. 갈 곳도 없었고, 지금 찾아낸 안전한 장소에서 완전히 평온하게 먹는 데만 집중할 수 있었다. 나는 전혀 서두르지 않았지만, 그런데도 곧 조그만 고깃조각만 남았다는 것을 깨달았다. 다음 날까지 간수해 두어야 할지 궁리했지만 곧 배불리 먹어야만 한다고 생각했다. 고기를 다 먹어버려서 도둑맞을 위험을 없애고 다음날이면 날고기가 먹을 수 없는 상태가 될지도 모른다는 걱정을 누그러뜨려야 한다는 결론에 이른 것이다.

그래서 나는 평온하게 고기를 즐겼고, 그 맛은 전혀 내가 걱정했던 것처럼 역겹지 않았다고 말할 수 있다. 가볍게 냄새가 나기는 했지만, 그 악취는 시장의 가난한 삼급실에서 구해 온 고기의 경우에 보통 풍기는 냄새처럼 그렇게까지 무시무시하지는 않았다. 이 고깃조각은 심지어 육즙도 꽤 있어서 금방 한 입도 남지 않게 되었고, 배가 꽉 차자 나는 행복감을 느꼈다. 이제 어디로 가는 게 좋을지 생각해보려 했으나, 기분이 아주 좋아서 이런 향연을 벌일 동안 나를 보호해주었던 그 장소를 떠날 마음도 들지 않았다. 어쨌든 이곳에 남아 있을 수도 있었다. 꼭 떠나야만 하는 것은 아니었고, 목이 마르지 않아서 물을 찾아야 할 필요를 느끼지 않았기 때문에 축축한 땅에 몸을 눕히고 위쪽의 황혼이 지는 하늘을 올려다보면서 지금 내가 처한 상황을 잊으려 애썼고, 내일을 생각하지 않으려 애썼다.

평온하게 배가 부른 채로 나는 잠이 들었다. 가뿐한 기분으로 깨어났지만 더 이상 그곳에 남아 있고 싶지 않았다. 추워서 덜덜 떨렸기 때문이었다. 나는 일어나서 시내의 좀더 사람이 많은 곳으로, 밤에도 북적거리는 구역을 향해 움직였다.

나는 도시에서 인적이 드문 지역, 사실상 도시의 거의 변두리에 살았기 때문에, 전에도 몇 번이나 그랬듯이 또 다시 혐오스러운 냄새가 나는 것을 깨달았다. 그 냄새에 언제나 둘러싸여서 사는 사람들은 신경조차 쓰지 않았다. 그러나 내게 그것은 언제나 새삼스러웠고, 최소한 도시에 오랫동안 머물러서 익숙해지는 순간이 오기 전까지는 그러할 것이었다.

그것은 한 가지 종류의 악취가 아니었다. 물론 그 중 절대적인 우위를 점하는 것은 도시의 거주자들이 설명할 필요도 없이 당연하게 생산하는 이런저런 배설물의 성분이었다. 나는 우리의 나무로 된 집에 살면서 사람이 많은 곳은 대체로 피했고, 나와 같이 살던 사람들도 마찬가지로 집 가까운 곳에 용무를 보지 않아도 될 정도로 공간이 충분히 있었다. 그래서 다른 사람들처럼 나도 동네 전체를 돌아다니면서 여러 군데에 볼일을 보았다.

시내 중심가에서는 그것이 불가능했다. 거주자가 너무 많아서 생산물을 다른 곳으로 멀리 가져가봤자 소용이 없었는데, 왜냐하면 사람이 자기가 있는 곳의 가장 가까운 근방을 더럽히지 않으려고 어떻게든 애써 보아도 곧 그곳에 누군가 다른 사람이 용무를 보리라는 것을 예측해야만 했기 때문이다. 그런 이유로 아무도 자신의 자연스러운 부산물을 어디든 다른 곳으로 옮기는 데 신경 쓰지 않았다. 누군가 필요를 느낀다면 자기가 있는 바로 그곳에서 즉시 해결하면 되었다.

그런 일이 금지되고 위반할 경우 도살당하는 처벌을 받는 유일한 장소는 시장이었다. 사무소에서는 시장의 악취가 원래부터 굉장하며 그러므로 현장에서 그 악취를 더 심하게 해서는 안 된다는 사실을 깨달은 것 같았다. 나 자신도 어떤 불쌍한 사람이 그런 장소에서 제정신을 놓았거나 아니면 다른 어떤 방법으로도 참을 수가 없었던 경우를 종종 목격했다. 그런 범법자들을 경찰과 푸주한들은 날카롭게 잡아냈고 만약 누군가 사무소의 뜻을 어겨 붙잡히면 시장 안이라도 곧바로 그 자리에서 체포되었다. 그런 다음에 약간 손을 본 뒤에 곧 금방 도살당한 신선한 고기가 되어 일급실로 옮겨졌다.

이렇게 아무 데서나 볼일을 보는 것이야말로 시장의 이급실과 삼급실에 거의 언제나 고기가 충분히 공급되는 이유 중 하나일 것이라고 나는 짐작했다. 내가 보기에는 도살당하지 않았는데도 생을 마감한 사람들 중 다수가 바로 도시 전체를 가득 채우고 악취를 풍기는 배설물에서 비롯된 더러운 질병으로 인해 뒈졌을 것이다.

그래서 그날 밤에 다른 무엇과도 비교할 수 없는 그 특징적인 냄새를 맡았을 때, 나는 그것이 도시에서 사람이 더 많이 사는 지역이 그리 멀지 않았다는 명확한 신호로 여겼다. 이제 몸을 보호하고 음식을 구할 방법을 어떤 것으로 선택할지 정해야 했다. 그것은 매우 어려운 문제라서 완전히 다 해결하지는 못했다.

무엇보다도 지금은 누군가 내게서 도둑질을 할 것이라는 걱정은 없었다. 출신이 의심스러운, 말라비틀어지고 배고픈 사람들이 언제나 그렇듯이 수없이 거리를 돌아다녔지만 그런 쪽으로는 아무런 위험도 느끼지 않았다. 왜냐하면 내가 서두르지 않고 용기를 내어 거리로 나가면 그것은 카드도 고기도 없다는 신호가 되기 때문이다. 그래서 나는 강도의 표적이 될 수 없었다.

그러나 여기에는 다른 위험이 존재했다.

불법적인 도살은 똑같이 도살로 처벌됨에도 불구하고 혼자 있는 사람이, 특히 밤에, 자기 손으로 직접 얻은 고기 한 조각에 목숨을 거는 배고픈 부랑자들의 광적인 공격에 희생되는 사건이 항상 발생했다. 그런 상황에서 나는 그런 악당들을 두려워할 필요가 없었는데, 왜냐하면 잘 먹어서 강해졌고 분명히 그들에게서 자신을 보호할 수 있을 것이었기 때문이다. 그러나 불법적인 도살을 저지르는 것은 비렁뱅이들만이 아니었다.

고위 계층의 욕심 많은 시민들이 많이 있었다. 이들은 보통 사람이 평생 동안 볼 수 있는 분량보다 더 많은 고기 카드를 소유했지만 그래도 그 카드를 고기와 바꾸는 것은 원치 않았다. 그보다는 그런 카드로 여러 가지 멋지고 사치스러운, 최소한 가능한 한 가장 사치스러운 정도의 물건을 구하는 쪽을 선호했다. 그런 사람들, 보통보다 좀 덜 낡은 집에서 살고, 완전히 혼자서, 사무소에서 정해준 동거인들 없이, 혹은 하인들만 데리고 사는 그런 사람들은 오래 전부터 내게는 수수께끼였다. 나도 한때 그런 사람을 하나 꽤 잘 알고 지냈다. 오래 전에 내가 살던 벽돌집이 무너졌을 때 그의 결정 덕분에 나는 그 나무 집에 배정되었고 그래서 계속 사무소에서 고기 카드를 받을 권리를 유지할 수 있었다. 어째서 나를 위해 그렇게 해주었는지는 나도 모른다. 그를 아는 것은 여기서 언급하는 바로 그런 밤의 불법 도살에 관련된 일을 해결하는 것을 몇 번 내게 맡겼기 때문이다. 그때 나는 꽤 젊었고 그의 부탁을 기꺼이 들어주었는데,

그래도 기대했던 것처럼 카드로 내게 보상을 하지는 않았다. 카드라니, 그런 것은 아주 많이 가지고 있으면서도 내게는 한 번도 주지 않았다. 대신 고기를 주었는데, 그것은 내가 그를 위해 도살해서 구해온 것이었고, 그러므로 신선하고 보통이 아니게 맛 좋은 고기였으며, 일반적인 방법으로는 내가 손에 넣을 수 없는 고기였다.

나는 그가 준 고기를 굉장히 감사하게 여겼고 당시에 살았던 집에 일어난 불운한 사건만 아니었다면 그에게 뭐가 됐든 부탁할 꿈도 꾸지 않았을 것이다. 그러나 내 보금자리가 무너졌을 때 나는 절망에 빠졌고 필사적인 마음이 되어 도와주지 않을 것이라고 미리 알고 있으면서도 그에게 도움을 청했던 것이다. 그런데 그는 나를 대단히 놀라게 했다. 내게 고기를 먹여주고 거주권을 얻어준 것이다. 게다가 그는 어떤 식으로든 그렇게 해 주어야만 할 이유도 없었고, 내가 그를 밀고할까봐 걱정했을 것이라고 추측할 상황도 결코 아니었다.

경찰에게 가서 내가 그를 위해 불법 도살을 했다고 자백할 용기는 절대로 내지 못했을 것이다. 왜냐하면 그렇게 하면 나 자신부터 공권력의 손에 스스로를 넘기는 꼴이 될 것이고, 그러면 그런 죄목에 대한 처벌로 나 자신도 도살되었을 것이기 때문이다. 내게 도살을 하도록 설득하고 그런 상황을 마련해준 사람이 같은 방식으로 경찰에 의해 처벌되리라는 생각은 보잘 것 없는 위안에 지나지 않았을 것이다.

그래서 물론 당시에 나는 그 사람을 협박할 생각이 전혀 없었다. 그렇지 않아도 내 서비스에 대하여 그는 고기로 충분히 보상해 주었다. 나는 나 자신도 완전히 이해할 수 없는 이유로 그를 찾아갔고, 놀랍게도 그는 내 사정을 실제로 이해해주고 나를 도와주었다.

나는 그를 꽤나 자주 만났다. 최소한 나에게는 그렇게 생각되었는데, 왜냐하면 그는 정말로 불법 도살을 좋아해서 나는 우리의 목조 가옥에 배정된 후에도 몇 번 그를 위해 일했기 때문이다. 그러나 그 사람이나 그 비슷한 사람들이 어째서 그렇게 많은 고기 카드와 또 일종의 권력을 가지고 있는지 그 이유를 알아보려 애썼지만 결코 아무 것도 알아내지 못했다.

시간이 흐르면서 나는 그들의 권력이 바로 카드를 많이 가진 데서 나온다는 사실을 깨달았지만, 그들이 카드를 얻어내는 방법은 지금까지도 알지 못한다.

내 추측에 따르면 그들은 경찰과 푸주한들과 아주 좋은 관계를 맺고 있을 것이며 그 카드의 원천은 바로 경찰이나 푸주한과의 동업이 아닐까 싶다. 그러나 어떤 식으로든 죄를 지었을 경우에 그런 사람들조차도 무슨 수를 써도 도살을 피할 수 없다는 것은 어떻게 설명할 것인가 — 뭔가 범법 행위를 저지를 경우 경찰도, 푸주한도 혹은 그 조수들 중 누군가라도, 범죄를 저질러서 붙잡히거나 그런 의심만이라도 받게 되면 즉시 도살장으로 끌려간다. 그런 의미에서 모든 시민들이 완전한 평등을 보장받고 있음을 쉽게 알 수 있다. 그러나 내가 보기에 그렇게 카드를 많이 가진 사람들이나 푸주한이든 경찰이든 빨간 제복을 입은 사람들은 어떤 식으로든 보통의 부랑자나 인간쓰레기보다 더 특권적인 위치에 있는 것이 분명했다.

그래도 가장 가능성이 있는 설명은 그렇게 많은 카드를 가진 사람들이 바로 그렇게 카드를 소유했기 때문에 도살당하는 처벌을 받는다는 것이었다. 이 문제를 벌써 여러 번이나 궁리해 보았는데 내가 내린 결론은 그런 사람들이 죽임을 당하면 그들의 카드와 소유했던 모든 것이 다른 사람의 손으로 넘어갈 텐데, 그 새 주인은 분명 카드의 소유자가 바뀌기를 원하기 때문에 고위층에 있는 사람들이 도살장으로 끌려가기를 소원하는 인물이리라는 것이었다.

그날 밤에 나는 배고픈 비렁뱅이들보다도 고위층에 속하는 사람들이나 그들을 위해 도살을 행하는 조수들을 훨씬 더 조심해야만 했다. 그들에게 증오심을 느끼지는 않았다. 어쨌든 나도 한때는 똑같았고 나도 밤에 불법으로 사람을 죽였으며 나의 고용주였던 남자가 나보다 더 적절한 사람, 어쩌면 더 대담한 사람, 혹은 일을 완수한 대가로 고기를 먹이지 않아도 되는 사람을 찾아내지 않았더라면 계속 그 일을 하고 있었을 것이기 때문이다. 내게 더 이상 밤의 불법 도살을 맡기지 않게 되었을 때 나는 내가 하던 일이 누구에게 어울릴지 살펴보지 않았다. 나는 언젠가 경찰에게 붙잡힐 수도 있다고 겁을 먹기 시작했었고 그 남자를 위해서 그렇게 위험한 일을 더 이상 하지 않게 되었을 때 만족했다고도 할 수 있다.

그래도 나는 갈 곳이 없었고 심지어 사무소에서 고기 카드를 받을 권리조차 없었으므로 내가 끝장이 나든 말든 나 자신에게조차 아무래도 상관없다고 생각할 수도 있었다. 앞날은 장밋빛으로 보이지 않았고 가장 좋은 경우에라도 나는 결국 부랑자가 되는 것으로 끝나 버릴 수 있었다 -그렇게나 많이 돌아다니는 부랑자, 언젠가는 무슨 범법 행위를 저질러 결국 붙잡히게 될 부랑자, 시간이 오래 지나건 조금 지나건 결국은 도살을 피해갈 수 없는 부랑자.

물론 시장 안으로 숨어 들어가서 행운을 찾아보려 시도할 수도 있었지만, 그래도 최소한 그때는 그런 용기가 나지 않았다. 과거에 내게 나무로 된, 지금은 존재하지 않는 그 집에서 살 권리를 얻어 주었던 그 남자에게 의지할 생각도 해 보았다. 그러나 그 생각은 곧 버렸다. 두 번이나 그를 피곤하게 할 수는 없었다. 그는 분명 짜증을 낼 것이고 경찰을 부를 수도 있었고, 경찰은 망설이지 않고 나를 죽여 버릴 것이다.

이제는 경찰도 마찬가지로 조심해야 했다. 굶주린 부랑자나 고위 계층에 속하는 사람, 혹은 그들의 조수로서 밤의 불법적인 도살을 준비하는 사람들과 마찬가지로 경찰도 똑같이 위험했다. 나는 대단한 정도는 아니라도 꽤나 만족스럽게 기운을 차리고 있었다. 어쨌든 시장에서 고기를 얻어 가지고 나온 게 아직은 그다지 오래 되지 않았던 것이다. 어찌 되었든 내 모습은 시내에 하나 가득 늘어붙어 있는 부랑자들보다는 나아 보였다. 끊임없이 시내를 돌아다니는 여러 경찰서의 경관들 중 한 사람의 눈에 띈다면, 그 수많은 경관들 중 누군가가 그때까지 충분한 양의 고기를 얻어내지 못했다고 생각한다면 내가 그들의 희생물이 되는 일이 벌어질 수도 있었고, 그러면 나는 순식간에 시장의 일급실 판매대에 놓이게 될 것이다.

이 때문에 나는 보통이 아니게 조심스러워야 했으며 내게 닥칠 수 있는 모든 위험을 염두에 두어야 했다. 사실 도시 한가운데로 이렇게까지 깊이 들어올 생각은 없었고 언제든지 변두리로 돌아갈 수 있었지만 변두리라 해도 완전히 안전하지는 않을 것이라는 사실을 잘 알고 있었고 게다가 앞으로 어떻게든 고기를 얻고 싶어진다면 어쩔 수 없이 시내 중심가에 가능한 한 가까이, 시장에 가능한 한 가까이 있어야만 했다.

왜냐하면 나는 끝장나고 싶지 않았기 때문이다.

도시를 가로질러 걸어가면서 나는 계속 혼자 다니는 사람 혹은 조그만 무리를 지은 사람들과 마주쳤다. 그래도 무리 지은 사람들은 많지 않았다. 왜냐하면 경찰은 어떤 집회든지 금지했고 많은 수의 사람들이 모여 있는 모습을 보면 경찰 권력에 대항하려 한다는 올바른 판단을 내리고 즉시 참여자 모두를 대상으로 도살을 행했기 때문이다. 그럼에도 불구하고 여기저기 정말로 조그만 무리가 나타났다. 그 구성원들은 경찰이 다가오지 않는지 끊임없이 확인해야만 했고 그러므로 언제나 근방을 훑어보아야 했다. 그런 무리에 속하는 것은 그러므로 대단히 피곤한 일이었다. 만약 실제로 순찰대가 가까이 오면 무리는 즉시 흩어졌지만, 그래도 종종 충분히 빨리 흩어지지 못했다. 최소한 경찰이 주의를 기울이지 않고 즉시 도살을 시작하지 않을 정도로 빠르지는 못했다.

그날 밤에 나는 그런 도살을 딱 한 번 목격했다. 나는 그 광경을 깊은 어둠 속에서 관찰했는데, 경찰이 다가오는 것을 보거나 혹은 그런 낌새라도 있을 때는 언제나 그런 어둠 속으로 물러서곤 했다. 이 경우에는 그렇게 숨을 필요까지는 없었다고 볼 수도 있다 — 경찰은 사람들의 무리만으로도 할 일이 충분히 많았던 것이다. 게다가 도살을 했기 때문에 고기도 충분히 있었고 최소한 그 순간에는 아무 잘못도 저지르지 않은 한 개인에게 주의를 기울일 필요가 없었다. 그래도 나는 그 무리의 일원인데 재빨리 떨어져 나간 것으로 오해받아 피해를 입을까 두려웠다.

나는 추웠고 몸이 덜덜 떨려서 한 순간도 발길을 멈추지 않았다. 끊임없이 움직였고, 어두운 도시를 걸어 다니며 마주치는 사람은 모두 피해 다녔다. 한시도 주의를 놓지 않았기 때문에 동이 터올 무렵에는 굉장히 지쳤고 쉬고 싶었다. 그런데도 멈추어 서서 어딘가 외딴 곳에 눕거나 아니면 그저 앉기라도 할 용기가 나지 않았다. 특히 밤에는 그런 행동은 대단히 위험했다 — 낮에도 그렇게 공격받을 수 있기는 했지만 말이다.

나는 낙심하여 고기를 날것으로 먹었던 그 자리에 더 오래 아침까지 남아 있지 않은 자신을 원망했다. 그곳은 주위에 아무도 없었고, 물론 깊은 잠에 빠질 수는 없었지만 그래도 이전에 그곳에서 잤는데 공격당하지 않았다는 사실로 미루어 보아 그 장소에 가면 어느 정도 안전이 보장되리라는 생각이 들었다.

나는 어떻게든 고기를 구하기 위해 시내에 도착했지만 운이 좋지 못했다 — 헤매 다닌 것은 완전한 헛수고였다. 가까운 미래에 좋은 일이 있을 것이라는 희망도 없었는데, 특히나 이제까지 했던 것과 똑같이 행동한다면 더더욱 희망 따위는 없었다.

계속 몸을 숨기고 끊임없이 주의하는 것으로는 자신을 지킬 수 없을 것이다. 그래도 누군가를 공격해서 고기를 훔쳐야겠다는 결심은 어쩐지 할 수가 없었다 — 어쩌면 아직 충분히 배가 고프거나 절박하지 않았던 것 같다.

확실히 나는 그런 행동에 아무런 거부감도 없었다. 어쨌든 나 자신도 몇 번이나 공격의 피해자가 되지 않았던가! 종종 나는 고기나 카드를 지켜내는 데 성공했지만 강도를 당하는 일도 있었다. 그러므로 그런 방법으로 고기를 얻겠다고 결심한다 해서 자신을 책망할 이유는 전혀 없었다. 그래도 내 희생자가 소리를 지르기 시작하거나 경찰이 상황을 눈치 채고 불법적인 도살을 시도했다는 치명적인 죄목을 부과할 수도 있는 것이다.

그래서 나는 대단히 조심스럽게 피해자를 고르기로 했다. 최소한 시장의 이급실에 가서 카드를 고기로 바꾸어 온 사람을 공격하는 것이 나에게 이득이었다. 왜냐하면 훔친 고기를 날것으로 먹어야 할 텐데, 삼급실의 고기 대부분이 그렇듯이 악취를 풍기는 고기를 날로 먹어야 하는 위험에 처하고 싶지 않았기 때문이다.

사방이 완전히 밝아졌을 때에도 여전히 그다지 배가 고프지 않았다. 그래도 대단한 피로를 느꼈는데, 밤새 주의를 놓지 않고 끊임없이 긴장하며 사방을 살폈기 때문이었다. 나는 강도짓을 하기 전에 쉬어야겠다고 결정하고 밤에 찾아갔던 장소, 우리 집이 서 있던 곳, 바로 얼마 전에 고기를 날것으로 먹었던 장소 쪽으로 방향을 잡았다.

물론 도시의 변두리에서 쉬고 싶었다면 다른 방향으로 갈 수도 있었지만, 교외에 아는 곳은 그 장소뿐이었다. 내가 비록 도시에서 태어나 한 번도 도시를 떠나본 적이 없지만 유일하게 아는 길이라고는 시장으로 가는 길, 카드를 받기 위해 사무소로 가는 길, 그리고 카드를 땔감으로 바꿀 수 있는 창고로 가는 길뿐이었다. 물론 다른 동네도 걸어 다녀본 적이 있었다 — 특히 오래 전에, 지금은 무너진 벽돌집에서 살고 있었을 때였다. 그러나 그 지역은 이제는 나에게 별로 중요하지 않았다. 나는 자신에게 어떤 식으로든 의미가 있는 것만 기억 속에 새겨 넣었고, 그러므로 주로 시장에 대해서 생각했다.

밤에 떠나왔던 그 장소에 도착해서 나는 땅에 누워 쉬었다. 이곳은 안전한 것으로 여겨졌고, 그래서 나는 꽤나 평온하게 잠이 들었다.

그러다가 나는 좋지 않은 예감에 잠이 깨었다. 재빨리 눈을 떴다. 아슬아슬한 순간이었다. 몇 걸음 떨어진 곳에 말라빠진 남자가 손에 무거운 돌을 쥐고 서 있었다.

분명 그는 소리 없이 내게 다가온 것 같았다. 그에게는 불운하게도 나는 잠을 아주 얕게 잤다. 그의 의도가 무엇인지는 의심할 여지가 전혀 없었다.

나는 벌떡 일어섰다. 잠을 자서 기운이 났고 자신을 지킬 수 있으리라는 확신이 있었다. 그러나 반드시 그렇지는 않다는 사실이 드러났다. 내가 완전히 일어섰을 때 남자는 도망치기 시작했다.

남자가 겉모습으로 보아 배가 고파 보이기는 했지만 나는 쫓아가지 않았다. 분명 나는 쉽게 그를 따라잡아 아마도 별 어려움 없이 도살했겠지만, 누군가 상황을 눈치 채거나 혹은 언제나 가장 적절하지 못한 순간에 나타나는 경찰이 나를 보게 될 위험에 노출되고 싶지는 않았다.

남자가 심하게 굶주려 보여서 그의 고기를 무시했다는 뜻은 아니다. 남자는 사실 대단히 말라 비틀어졌다. 비록 내가 이전에 그보다 더 품질이 안 좋은 고기를 먹곤 했지만, 그때까지는 더 적은 위험을 감수하고도 여기서 마주친 것보다는 더 나은 고기를 얻으리라는 확신이 있었다.

그러나 그 사건은 나에게는 경고와도 같은 역할을 했다. 즉 쉴 자리로 고른 은신처가 그다지 안전하지 않다는 뜻이었다. 나는 다시 시내로 가야겠다고 결심했다. 이미 밤중에 한 번 관찰할 기회가 있었고, 그때 관찰한 바, 그곳에서는 다른 많은 위험들이 나를 위협하 겠지만 말이다.

그런 위협을 인식하고는 있었지만 내가 눈에 띄지 않게 불법 도 살될 가능성이 있는 이곳에 머무르는 것보다는 도시로 가는 것이 언제나 더 안전하다고 여겼다. 나는 더 길게 고민하지 않고 길을 떠 났다.

잠을 자서 기운을 차렸지만 입 안이 몹시 말랐다. 또한 굶주림도 느껴지기 시작했지만 아직까지는 그렇게 심하지 않았다. 그 전날 고기 한 점을 날것으로 먹은 데서 오는 생명력이 아직도 여전히 내 안에 남아 있었다.

또한 우물을 하나 발견해서 목마름을 달랬기 때문에 물배를 채운 위장은 자기 권리를 그다지 고집스럽게 주장하지 않았다. 그러니까 내 상태는 그다지 나쁘지 않았다. 충분히 쉬었고 목도 마르지 않았 으며 어떤 식으로든 배도 채웠다.

그런 상태에서 고기 한 조각을 구하기는 쉬울 것이라 확신할 수 있었다. 누군가 조심스럽지 못한 사람, 제대로 고기를 지킬 능력이 없는 사람이 잃게 될 고기다.

나는 시장에 인접한 골목 두어 개를 헤매고 다녔다.

가슴에 자기 고기를 꼭 껴안고 서둘러 걸어가는 사람들을 몇몇

보았다. 나는 그들에게서 음식을 빼앗아야겠다고 이미 결심하고 있었다. 고기를 보니 뱃속에 손에 잡힐 듯한 굶주림이 느껴졌다. 그러나 계속 준비해온 폭력 행위를 실행할 수가 없었다. 끊임없이 뭔가 나를 막았다. 나는 안절부절 못했고, 주변 모든 곳에 경찰이 보였다.

그것은 매우 유감스러운 일이었다. 아무리 늦어도 밤이 올 때까지는 어떻게든 고기를 구해야 한다는 것을 나는 알고 있었다. 너무 오래 미룰 수는 없었는데, 왜냐하면 그 뒤에는 너무 기운이 빠져서 어쩌면 결심한 행위를 할 능력이 없게 될지도 모르기 때문이었다. 그러나 내 안에서 혐오스러운 공포의 감정이 맥박 치면서 내 의지와는 달리 어쩔 수 없이 꼭 필요한 행동을 실행하기 전에 나를 붙잡았다.

매일같이 끊임없이 일어나는 흔한 강도짓을 갑작스럽게 해낼 수 없게 되어 나는 매우 놀랐다. 전에는 마음먹은 일을 실행하기 전에 망설인 적이 한 번도 없었다. 어쨌든 왕년에는 한밤의 불법 도살도 해 보았고, 그런 일을 시킨 사람은 확실히 어느 정도는 나에게 만족했을 것이었다. 그러나 어쩔 수 없이 내가 자신을 보호해야 하는 입장에 처한 뒤로 시간이 한참이나 흘러 버렸다.

나는 무기력감을 요령이 부족한 탓으로 돌리고 온 힘을 다 해서 그런 무력감을 극복하기 위해 노력했다. 그러나 거의 성공했을 무렵에 어떤 일이 일어나서 나는 마음이 혼란해지고 일종의 불확실한 상태에 빠져들게 되었다.

마침내 마음먹은 일을 실행에 옮기기로 결정했고 주위를 꼼꼼하게 둘러본 후에 적당한 희생자와 맞닥뜨릴 수 있을 듯해 보이는 외딴 골목길로 접어들었다. 눈길 닿는 곳에는 경찰도 없었고, 나는 마음속으로 쓸데없는 위험에 노출되지 않고도 의도한 대로 성공할 수 있을 것이라는 자신감을 끌어 모았다.

그때까지 나는 특별히 기운이 빠지지도 않았고 겉모습으로 보아서는 분명히 카드를 받을 권리가 있는 사람, 머리를 가릴 지붕이 있는 사람이라는 인상을 줄 수 있었을 것이다. 최소한 그 때문에 이후의 사건이 벌어진 것이라고 짐작한다. 그 사건은 나로서는 전혀 예측하지 못했는데, 왜냐하면 자신감에 차 있어서 그런 가능성에는 전혀 주의를 기울이지 않았기 때문이다.

나는 평온한 걸음으로 걸어가면서 고기 혹은 카드를 확실하게 받아낼 수 있을 것 같은 사람을 눈여겨보았고, 의도를 실행에 옮기는 일을 막을 만한 감정은 전부 마음속에서 억누르면서 뛰어올라 폭력을 휘두를 준비를 했다. 그 일이 일어난 바로 그 순간에는 나를 막을 수 있는 것이 아무 것도 없었다고 감히 말할 수 있다.

내 앞에 갑자기 한 남자가 나타났다. 그다지 피로에 지쳐 보이지 않았다. 아마 그 사람도 분명 강도짓을 통해 먹을 것을 마련해야만 하는 상황에 처한 지 별로 오래되지 않았을 것이다. 그는 덤벼들어 때렸고 내가 정신을 차리기도 전에 세게 목을 졸랐다.

나는 맞서 싸우다가 남자를 누르고 거의 몸을 빼냈는데 그 순간 남자가 혼자가 아니었다는 사실을 알게 되었다. 아직도 남자가 나를 세게 붙잡고 있었을 때 남자와 일행인 것이 분명한 어떤 여자가 빠르게 다가와서 내 얼굴을 미친 듯이 연달아 때렸다. 그런 뒤에 남자가 여전히 붙잡은 손을 놓지 않고 있는 동안 여자는 주머니 쪽으로 몸을 던졌는데, 그 주머니는 비어 있었지만 그래도 내 것이었다.

이제는 별달리 자신을 보호할 필요도 없었고, 내가 고기는커녕 카드도 전혀 없다는 사실을 확인하면 그들은 실망해서 새로운 희생물을 찾으려고 나를 놓아주리라는 것이 분명했다.

그러나 몸에 강하게 박힌, 언제나 끈질기게 주머니를 보호해야 한다는 반사행동 때문에 나는 헛된 강도짓이나마 막기 위해 할 수 있는 일을 다 했다. 다리를 들어 무릎을 구부린 후 번개같이 찬 것이다.

여자는 비틀거렸는데, 내가 민감한 곳을 맞춘 것 같았다. 망설이지 않고 나는 방금 성공한 행동을 즉시 되풀이했다. 여자는 눈에 중

오의 빛을 띠고 펄쩍 뛰어 물러났다. 나를 붙잡고 있던 남자는 나의 갑작스러운 행동에 눈에 띄게 놀라서, 하, 심지어는 균형을 잃었고 나는 그가 붙잡은 손의 힘이 약해지는 느낌을 받았다. 나는 즉시 그것을 이용해서 팔꿈치로 그를 몇 번 세게 내리쳤고 몸을 빼냈다.

자유로워진 것을 느끼자마자 나는 재빨리 안전한 거리로 물러났다. 돌아서서 그들을 쳐다보았다. 그들은 여기서 일어난 일이 어떤 식으로든 그들과는 아무 상관이 없는 척 하고 있었다. 둘이 함께 붙어 있지도 않았고 간격을 두고 떨어져 있었다. 둘이 한 조를 이루어 다니는 것처럼 보이지 않으려는 것이다.

그 습격 전체가 아주 빨리 일어났고 아무도 아무 말도 하지 않았다. 나도, 여자와 함께 있었던 남자도, 어떤 비명 소리나 불분명한 말소리를 내어 시내를 돌아다니는 경찰 부대 중 하나를 현장으로 불러올 위험은 무릅쓸 수 없었던 것이다.

적에게서 아직 그다지 멀리 떨어지지 않았을 때 바로 그런 경찰 부대가 실제로 나타나서 범법 행위가 일어나거나 피해자가 있는지 눈여겨보면서 내 근처를 지나갔다. 무자비하게 나를 공격했던 사람들로부터 자신을 보호하던 중에 붙잡혔다면 어떻게 되었을지를 알고 있었기 때문에 나는 안도의 한숨을 쉬었다.

그러니까 나는 구출되었던 것이다 — 배고픈 적들을 제거했고 가

혹한 경찰의 손아귀에 떨어지지 않았다. 기뻐할 수도 있는 상황이 었지만, 사실 그렇지 않다는 것을 깨닫고 나는 공포에 질렸다.

방금 전에 여기서 무슨 일이 일어났는지에 대한 기억이 머릿속을 퍼뜩 지나갔고, 나를 짓밟으려 했던 사람들과 나의 행동이 어떠했는지 마음속으로 되새겨 보았다. 내 행위는 다분히 의식적이었다. 나는 가능한 순간에 즉시 몸을 움직여 자신을 보호했다. 딱히 그럴 이유가 없었는데도 열심히 나 자신을 보호했다. 적들이 아무 것도 얻지 못할 것이라는 사실을 분명히 알고 나면 습격하기로 결심했을 때와 마찬가지로 재빨리 물러날 것이라고 나는 확신했다.

나는 이유 없이 저항했던 것이다!

나 자신이 누군가 카드를, 혹은 고기도 가진 사람을 습격했을 때, 모든 힘을 바쳐서 자신을 보호할 이유가 있는 사람을 덮쳤을 때를 상상했다. 그러니까 보호할 이유가 없는데도 내가 그토록 맹렬하게 자신을 보호했다면, 실제로 보호할 이유가 있는 사람은 어떻게 행동할 것인가!

왜냐하면 나도 과거에 습격당해 강도를 당하게 되었을 때 두세 번의 예외만 빼면 언제나 소유물을 지키는 데 성공했기 때문이다. 나보다 훨씬 힘센 사람과 맞서 싸워야 하는 일이 종종 있었지만 그래도 소유물을 잃지 않았다.

고기를 가진 사람은 잘 먹어 기운이 더 좋고 그러므로 더 맹렬하게 싸운다. 그런 사람을 이기기는 매우 어렵다.

이것을 깨닫자 갑자기 도로 기운이 빠지면서 동시에 나는 습격하겠다고 마음을 굳힐 능력도 없을 것이고 어쩌면 성공하지 못한 채로 도망치는 사태까지 생길지 모른다는 생각에 공포가 밀어닥쳤다.

이런 생각을 하자 우울해졌고, 그런 뒤에 나는 계속 거리를 조심스럽게 걸어 다니면서 용기를 쥐어짜냈다.

벌써 해가 지기 시작했는데 내게는 고기가 한 조각도 없었다. 왜냐하면 그 때까지도 얻으려는 시도를 하지 않았기 때문이었다. 심지어 나는 잠자고 있을 때 내 머리를 돌로 깨뜨리려 했던 그 남자를 불법으로 도살하지 않은 것을 후회하기 시작했다. 그렇게 했더라면 아무에게도 들키지 않았을 지도 모르고 지금은 메마른 고기 한 조각을 갖고 있었을 것이다. 어쩌면 지금쯤 배불리 먹었을 지도 모른다.

그러나 이제는 지치고 배가 고팠다. 나는 또 다시 우물로 가서 물을 실컷 마셨는데, 목이 말랐기 때문이 아니라 최소한 그런 방법으로라도 배를 채우고 싶었기 때문이었다. 그러나 그렇게 해서는 기운이 나지 않는 걸 나도 알고 있었다.

물론 그 전날 마지막 날고기 한 입을 그토록 맛있게 씹어 삼킨 이후로 지나가 버린 하루보다 더 오랫동안 고기를 먹지 못했던 적도 있었다. 그러나 이전의 경우에는 상황이 약간 달랐다. 그때 나는 다시 카드를 얻어 고기로 바꿔오기 위해 시장의 삼급실로 갈 수 있으리라는 것을 알고 있었다. 또한 머리 위에 지붕이 있었으므로 충분히 쉴 수 있었고 습격 같은 건 걱정하지 않아도 되었다. 그때 나는 안전했다.

비록 나는 여러 다른 사람들과 함께 나무로 지은 우리 집에 살았고 또 도시에서 머리를 가릴 지붕이 있는 여러 사람들이 나처럼 살았지만, 같은 집에 사는 사람이 다른 사람을 불법으로 도살하는 일은 한 번도 벌어지지 않았다.

그런 위험은 아무도 두려워할 필요가 없었다.

서로서로 혐오하면서도 어쩔 수 없이 함께 살아야 하는 입장에 처한 우리들은 모두, 서로서로 증오하기는 했지만, 집에서는 불법 도살을 해서는 안 된다는 의식을 마음 속에 깊이 간직하고 있었다. 그런 일을 저질렀다가는 우리 자신도 후에 도살당할 수 있을 뿐 아니라 집의 나머지 사람들도 함께 죽임을 당할 것이라는 사실을 모두 알고 있었다.

비록 합리적이지 못하고 낭비도 심했지만, 이 꽉꽉 들어찬 공동 주택에서 각자가 완전히 고립되어 살고 있었다. 각자가 자기 고기를 혼자 요리했고, 자기 땔감을 남이 쓰도록 허용하지 않았다.

사람들은 같은 집에서도 오로지 한 가지 이유로만, 그리고 아주 짧은 시간 동안만 마주쳤는데, 바로 배불리 먹기 전의 순간이었다.

경찰은 집, 최소한 이렇게 사람이 많이 사는 집은 절대로 들어가지 않았다. 사람들이 무리를 지어 모이는 것을 금지하는 법령은 경찰이 두려워서뿐만 아니라 완전히 개인적인 이유에서도 지켜질 것이라 확신할 수 있었다.

사람들은 각자 아주 적은 수의 카드를 받았고 그 카드를 주고 땔감과 고기를, 때때로 비밀리에 필수불가결한 물건을 바꾸어야 했다. 모두들 자기 카드가 남의 손아귀에 떨어지는 일이 없도록 놓아주지 않으려 애쓰면서 결사적으로 지켰다. 사람들이 지나치게 자주 만나고 친밀한 관계를 유지하기 시작한다면 카드가 남의 손에 넘어가는 일은 피할 수 없을 것이다. 경찰은 이 점을 알고 있었고, 그러므로 모든 집에서 경찰 규정을 지키고 있을지 걱정할 필요가 없었다.

사람들은 꽉꽉 들어찬 집에서 완벽하게 외로운 생활을 했으나 그래도 안전했다. 왜냐하면 오로지 집안에서만, 지붕 아래에서만 불법적이든 경찰이 행하는 것이든 도살의 위험으로부터 안전이 거의 확실하게 보장되었기 때문이다.

똑같은 이유로 집안에서 도둑질을 하는 사람도 없었다. 서로가 서로를 지켜 주었다. 나머지 사람들이 잘 때에도 함께 사는 사람들의 고기나 카드에 손을 대려는 사람이 혹시나 있는지 눈여겨 보아 주는 사람들이 항상 있었다. 그렇게 불침번을 서는 사람 자신은 도둑질을 피해갈 수 있을 것이고, 욕심 많은 도둑에 대해서는 나중에 나머지 사람들에게 알릴 것이다. 그것은 함께 사는 사람들에 대한 호의나 우정에서 비롯된 반응이 아니었다. 집안에 도둑이 나타난다면 거주자들은 모두 빠르건 늦건 도둑을 맞을 위험에 노출될 것이기 때문이다.

그래서 그런 집의 거주자는 나머지 사람들이 어떤 식으로든 자기와 다른 사람들의 소유물을 지켜줄 것이라는 사실을 알고 완전히 평온한 마음으로 잠들 수 있었다.

그러므로 만약에 그런 상황에서 내가 굶게 되었다면 그 뒤로 사무소에서 카드를 얻지 못하게 되리라는 두려움과 피로 때문에 기운이 빠지는 일은 절대로 없었을 것이다. 다음 카드를 받기 전에 카드를 너무 빨리 써 버렸다면 그것은 확실히 내 잘못이었겠지만, 보통은 그런 일로 걱정할 필요가 없었다. 왜냐하면 카드를 다 써버려도 그런 상태가 너무 오래 지속되지는 않을 것이며 다시 고기를 얻게 될 것이라는 기분 좋은 사실을 알고 있었기 때문이다. 그런 상황에서는 굶주림을 참는 것이 지금보다 훨씬 쉬웠지만, 지금 나는 공포에 질렸고 사무소에 가서 카드를 달라고 할 수 없다는 사실과 끊임없이 주위를 살펴야 한다는 것 때문에 기진맥진해 있었다.

어둠이 찾아왔고 나는 지난밤보다 훨씬 더 나쁜 상태에 처해 있었다. 지치고 배고프고 확실히 겁에도 질린 채로 조심스럽게 시내를 돌아다니면서 나는 궁극적으로는 결심을 행동에 옮겨야만 한다, 고기를 얻어야만 한다, 습격을 감행해야만 한다는 사실을 끊임없이 기억했고, 동시에 스스로 나 자신을 말렸다. 동이 터 오기 시작했지만 내 상황은 조금도 나아지지 않았다. 사실은 더 나빠졌다.

어디든 집 안으로 들어가서 누워서 잠자는 것을, 쉬는 것을 꿈꾸었다. 그러나 불가능하다는 사실을 잘 알고 있었다. 집에 들어가는 것은 거주권을 가졌으며 그러므로 카드를 받을 권리가 있는 사람에게만 허용되었다. 생활의 일부로 오래 전에 자리 잡은 엄격한 금지령을 어기고 어느 집이든지 숨어들어갔다가는 전혀 아무런 도움도 받지 못하게 될 것이었다.

집의 거주자들은 부랑자들이 안으로 들어오거나 누군가 낯선 사람이 슬그머니 들러붙는 일이 없도록 열심히 문단속을 했다. 그런 낯선 사람은 도둑질을 할 가능성이 있을 뿐만 아니라, 사무소에서 거주 허가를 받지 않은 사람에게 숙소를 제공해 주는 경우 받게 될 처벌이 무서웠기 때문이다.

사실 나 자신도 아직 살 집이 있었을 때는 나무로 된 우리 집에서 초대받지 않은 침입자를 쫓아내는 일을 도왔었고, 그보다 전에 아파트[한국과 같은 단지형 아파트가 아니라 일반적으로 오래 된 유럽식 석조 주상복합 건물을 말한다 -역주]에서 살았을 때도 그렇게 했었다. 나 또한 권리가 없는 사람, 그 존재가 불쾌감만을 불러오는 사람이 우리들 사이에 끼어 있는 것을 원하지 않았다.

그러므로 자기 머리 위의 지붕을 지키려는 사람들이 나를 살려줄 것이라고는 손톱만큼도 기대할 수 없었다.

안전하게 누워서 잠잘 수 있는 곳, 카드를 가진 사람이 불쾌한 일을 당하지 않고도 마음껏 잘 수 있는 곳은 단 한 군데 존재했다.

내가 염두에 둔 곳은 시장, 그 중에서도 이급실이나 삼급실이었다.

시장은 결코 문을 닫지 않았다. 언제나 열려 있어야만 했는데, 왜냐하면 어쨌든 갓 얻어낸 신선한 고기를 즉시 일급실 판매대에 올려놓을 수 있어야만 했기 때문이다. 비록 밤에는 카드를 고기로 바꾸러 시장에 가는 사람이 거의 아무도 없었지만 고기는 끊임없이 공급되었는데, 왜냐하면 경찰은 밤에도 낮과 똑같은 숫자를 도살했기 때문이다.

같은 이유로 이급실도 열려 있어야만 했다. 일급실에서 신선도가 떨어지기 시작한 고기와 함께 방금 죽은 고기도 이급실로 공급되었는데, 군이 도살할 필요가 없이 자연적으로 사망한 경우는 충분히 많았으므로 그렇게 방금 죽은 고기는 끊임없이 시장으로 실려왔다.

삼급실은 물론 밤에 닫아둘 수도 있었을 것이다. 왜냐하면 이곳에서 카드를 주고 얻을 수 있는 고기는 절대로 신선하지 않았기 때문이다. 오히려 푸주한들은 정반대로 이곳의 고기가 가능한 한 품질이 나빠지게 하기 위해서 애썼다.

그러나 각 등급 간에 일종의 평등이 보장된다는 증거로 일급실과 이급실과 함께 삼급실도 또한 쉬지 않고 열려 있었고 그곳에서는 밤에도 활발하게 사람들이 오갔다. 그 이유는 첫째로 일급실과 이급실에 비해 삼급실의 넓이가 거대했기 때문이고, 두 번째로는 그러므로 그 안에 모여든 사람들이 엄청나게 많았기 때문이다.

이급실은 일급실과 마찬가지로 부랑자들의 출입이 금지되지 않았음에도 불구하고 밤이 되면 이급실의 인간쓰레기들이 삼급실까지 넘어왔는데, 어쩌면 그것은 일종의 습관 때문에, 아직 머리 위에 지붕이 있었을 때 공동 거주지에서 다른 사람들과 공동으로 꽉꽉 붙어서 잠자는 것에 익숙해져 있는 데서 비롯된 것인 듯했다. 어쩌면 또 그들은 불특정 다수의 군중 속에서 카드 한 장이나 고기 한 점을 훔치는 데 성공할 것이라는 희망을 가지고 있는지도 모른다.

그러므로 나는 시장 안에서는 쉴 수 있으리라는 것을 알고 있었다. 그러나 순찰에 대한 두려움과 우연히 걸려서 도살당할지도 모른다는 공포 때문에 카드를 한 장이라도 얻지 못한 상태로는 시장에 들어갈 용기를 낼 수 없었다.

그러나 이 때까지 누군가를 습격할 용기를 내지 못했다면, 이제까지 미루어 왔다면 무슨 수로 카드를 얻는단 말인가. 완전히 기진맥진해서 나는 더 이상 미루지 않겠다, 나 자신을 밀어붙여 이제는 더 이상 미룰 수 없는 일을 마침내 해내고야 말겠다고 굳게 결심했다. 왜냐하면 결국은 다른 선택지가 전혀 남지 않을 것이며 게다가 나중에는 너무 기운이 빠져서 불운에 맞닥뜨리기 십상이라는 것을 깨달았기 때문이었다.

백주 대낮이었다. 경찰의 무리가 하나도 돌아다니지 않는 인적 드문 골목에서 나는 손을 몸에 꼭 붙이고 끊임없이 주위를 둘러보면서 서둘러 걸어가는 여자를 눈여겨보았다.

그것은 굉장한 기회였다. 여자는 자기가 획득한 물건을 지키고 있었으며 한 눈에 보기에도 고기는 전혀 가지고 있지 않았는데, 왜냐하면 고기는 그 크기 때문에 분명히 남의 이목을 끌었을 것이기 때문이었다. 여자가 그토록 신경 써서 지키려는 것이 카드, 어쩌면 아주 많은 카드라는 사실을 이해하기 위해서는 그다지 오랫동안 궁리할 필요가 없었다.

습격하기로 마음먹은 대상이 여자라는 것도 내게 유리했는데, 왜냐하면 여자들은 더 약하고 겁주기도 쉽기 때문이었다.

여자는 나에게서 멀리 있지 않았다. 나는 재빨리 주위를 둘러보았다. 지나가는 몇몇 행인들 말고는 근방에 아무도 없었다. 나는 주위에 경찰이 없다는 것을 알았는데, 왜냐하면 그 특징적인 무거운 발소리가 들리지 않았기 때문이었다.

혼자서 길을 걸어가는 사람을 두려워할 필요는 없었다. 강도는 흔한 일이었고 다른 사람이 당하는 일에 끼어든다는 것은 아무도 생각조차 하지 못할 것이다. 나 자신도 몇 번이나 공격을 당했지만, 거의 언제나 근방에 충분히 많은 행인들이 있었음에도 불구하고 도움을 주려는 사람은 아무도 없었다. 물론 나 또한 누군가 맹렬하게 자기 고기나 카드를 지키는 모습을 목격했을 때 싸움에 끼어들어 습격당하는 사람을 도와주려는 충동을 조금이라도 느껴본 적은 전혀 없었다.

자기 소유물을 지키는 것은 소유주의 할 일이다. 그러니 경찰이 나타날 경우에 불법 도살을 시도했다는 의심을 받고 즉시 도살당할 텐데 뭣하러 쓸데없이 스스로 위험에 노출되겠는가!

여자는 지금 내게서 몇 걸음 떨어진 곳에 있었다. 나는 습격이 성공해서 카드를 얻게 될 것이고 그 카드로 시장에서 편안히 잠을 잘 수 있을 것이며 그 후에는 고기를 얻을 수 있을 것이라고 확신했다. 나는 여자에게 덤벼들어 주먹으로 머리를 때렸다. 피곤과 굶주림 때문에 이미 기운이 빠졌기 때문이었는지, 아니면 요령이 없었기 때문이었는지, 내 의도만큼 그렇게 세게 때리지 못했다. 그럼에도 여자는 비틀거렸고 나는 반격하기 전에 여자의 목을 움켜쥐려고 했다. 여자는 몸을 보호하기 위해 팔을 뻗으려 했지만, 내가 여자의 목에 거세게 손가락을 감았다. 여자는 버둥거리며 무릎으로 내 아랫배를 차려고 했다. 나는 몸을 숙이면서도 놓아주지 않았고, 여자가 빠져나가도록 그냥 두느니 차라리 불법 도살을 하려는 결심이었으므로 여자의 목을 더 세게 졸랐다.

여자와 나는 얼굴을 맞댔고 나는 여자의 눈이 튀어나오는 것을 보았다. 저항이 약해졌다. 내가 이기고 있음을 알고 나는 기뻤다. 나는 여자의 목을 감은 손가락에 발작적으로 힘을 주었고, 갑자기 여자의 몸이 무기력해져서 나는 더 이상 잡고 있을 수가 없었다. 여자는 땅을 향해 미끄러졌고, 나도 기운이 빠져 있었기 때문에 여자 쪽으로 몸을 굽힐 수밖에 없었다.

몇 초 동안 계속 여자를 붙잡고 있다가 나는 손을 놓았다.

여자는 쓰러졌고, 더러운 돌에 머리를 세게 부딪쳤다.

의심의 여지가 없었다. 나는 도살을 했다 — 불법 도살을 했다.

그러나 여자의 고기는 심지어 가장 작은 조각이라도 얻지 못하리라는 것을 나는 알고 있었다. 그러기에는 시간이 모자랐고, 나는 여자의 고기를 노린 것이 아니었다. 무엇보다도 내가 원한 것은 여자의 카드를 갖는 것이었다.

카드를 꺼내기 위해 재빨리 여자의 낡아빠진 주머니에 손을 뻗었고, 거의 손에 쥐었을 때 나는 굳어졌다.

멀리서 소리가 들렸다. 다른 것으로 잘못 들을 리 없는 소리 — 무거운 발소리였다. 의심의 여지없이 가까워지고 있는, 뛰어오는 경찰의 발소리가 들렸다.

나는 가장 커다란 위험에 처해 있었다. 지금 붙잡히면 도살을 피할 길이 없었다.

나는 카드를 내버려둔 채 누워 있는 여자에게서 펄쩍 뛰어 물러났다. 카드는 여자의 주머니에 놓아두었다.

재빨리 그곳을 떠났다. 보통 때의 속도로 걷기 시작했을 때 한 무리의 경찰들이 나타나서 누워 있는 여자 쪽으로 뛰어갔다.

나는 한숨을 쉬었다. 강도짓을 하기로 결정했을 때 어떤 위험이 나를 덮칠 수 있는지 이제 와서야 깨달았다. 나는 조심스럽게 주위를 둘러보았다. 지나가는 행인들이 분명히 내 행동을 목격했을 것이고 확실히 나를 알아볼 수 있었을 것인데도 아무도 내게 주의를 기울이지 않았다. 그들 중 누구라도 경찰에게 다가가서 본 것을 이야기하고 나를 지목할 걱정은 하지 않아도 되었다. 그럴 용기는 아무도 내지 못했을 것인데, 왜냐하면 경찰에게 먼저 말을 거는 것은 중범죄에 해당되었기 때문이다. 최소한 그런 짓을 할 만큼 그토록 대담한 사람이 즉각 도살을 당할 만큼 중대한 범죄다.

어째서 경찰은 언제나 제복을 입고 있는지, 어째서 절대로 빨간 유니폼을 벗지 않는지, 어째서 질서를 수호하지 않고 비밀리에 벌어지는 범법 행위를 수사하지 않는지, 어째서 보통 사람 같은 차림으로 돌아다니지 않는지, 전에는 자주 의문을 가졌다. 이제 나는 그런 일이 한없이 위험하리라는 것을 안다. 제복을 입지 않은 경찰은 동료들의 희생물이 되기 십상인 것이다. 그 이유가 무엇이 됐든, 심지어 뭔가 범법 행위가 일어나서 그들의 주의를 끌기 위해, 중재를 요청하기 위해 대담하게 먼저 말을 걸었다는 이유 때문이라도 말이다.

이런 상황으로 인해서 밝혀질 수 있었던 여러 범죄들, 예를 들어 내가 저지른 것과 같은 일들이 처벌을 받지 않게 되었다.

경찰은 너무나 갑작스럽게 나의 희생물이 된 여자에게 뛰어가서 여자 위에 몸을 굽히고 잠깐 여자를 훑어보았다. 여자에게 불법 도살이 행해졌다는 사실을 경찰도 분명히 알았을 것이고 또한 그런 일을 저지른 사람을 체포할 상황이 아니라는 것도 알았을 것이다.

어쩌면 범인을 쫓을 의향조차 없었을 지도 모른다. 왜냐하면 이 신선한 고기는 경찰 자신의 전리품으로서 시장의 일급실에서 공급받을 수 있는 기회가 되기 때문이다.

경찰의 행동을 관찰하는 것은 안전하지 못했지만 — 그것은 금지되어 있었고 처벌은 도살이었다 — 멈출 수가 없었다. 나는 돌아서서 한참이나 먼 거리에서 경찰 쪽으로 다가가기 시작했다.

그들이 내 희생자에게 무슨 짓을 할지 궁금했다.

그들은 이전에 몇 번이나 목격했던 행동을 했다. 여자의 시체를 뒤져 주머니에서 카드를 꺼내는 것을 실제로 보았다.

하나가 아니고 여러 장이다! 엄연히 내 것인 카드!

그런 뒤에 경찰들은 몇 번 창으로 찌르더니 자기 관할서의 표시를 남겼다. 실제로는 죽은 시체의 고기이므로 이급실에 합당한데도 불구하고 푸주한의 조수들이 오기 전에 고기를 직접 시장의 일급실로 실어가려는 것이 분명했고, 또한 그 관할서는 마치 여자를 자기들이 직접 죽인 것처럼 해서 상을 받으리라는 것도 분명했다.

경찰들은 카드를 가져갔는데, 그것은 나중에 자기들끼리 나누어

가진다는 것을 나는 알고 있었다. 그런 뒤에 가장 가까이에 서 있던 남자에게 뛰어갔는데, 불법 도살을 행했다는 혐의를 씌워 도살할 희생자로 그 남자를 점찍었던 것이다.

나는 더 이상 쳐다보지 않았다. 카드를 뺏겼으므로 내가 부당한 피해를 입었다고 느꼈고, 게다가 이후에 일어날 일은 나와 상관이 없었다. 남자가 경찰 가까이에 서 있을 정도로 조심성이 없다면 도살 말고는 다른 일을 기대할 수 없는 것이다.

나는 그곳을 떠났고 참담한 기분이 들었다. 이런 식으로 내 카드를 빼앗기다니! 이전 주인을 직접 죽였으니 내가 가질 권리가 있는 카드다.

여자와 싸운 뒤로 이전보다 더 기진맥진해진 것을 느꼈다. 또한 패배감도 기분을 푸는 데 전혀 도움이 되지 않았다. 어쨌든 카드를 거의 손에 넣었다가 잃어버리지 않았던가!

나를 구원해줄 다음 습격을 결심하리라, 카드를 얻기 위해 한 번 더 시도하리라고 확신하며 끊임없이 마음을 다잡았다. 비록 몇 번 좋은 기회가 있었으나, 정신적 물리적으로 약해져서 계속 용기를 낼 수가 없었다.

몇 번이나 시장 옆을 지나쳤다. 그 안에서 흘러나오는 악취를 맡았고, 최소한 진열된 고기를 실컷 구경이라도 하기 위해 안으로 들어가기를 갈망했다. 그러나 나는 계속 망설였다.

저녁 무렵에 절망에 빠져서 나는 한 번 더 어떤 남자에게 무익한 습격을 시도했지만 남자는 나를 때리더니 굶주리고 완전히 진이 빠진 나를 운명의 손에 맡기고는 가 버렸다.

나는 또 한 번의 밤을 지내고 살아남았다. 고기와 잠에 대한 그리움의 밤, 기운이 다해 쓰러질 지경에 이르렀던 밤이다. 나는 시장에 들어가야만 한다고 느꼈다. 그런 결정으로 인해 처하게 될 위험, 내가 실제로 두려워해야 할 단 한가지 위험을 자각하고 있었지만 말이다.

할 수만 있다면 바로 그날 밤에 시장에 숨어들었을 것이다. 그러나 그 시간에 시장에서 나를 기다리는 것이 무엇일지 깨닫고 나는 무척 지쳐 있었지만 조심스럽게 아침까지 기다리는 쪽을 택했다.

밤에는 경찰과 푸주한과 심지어 부랑자들까지도 즉시 나를 눈여겨볼 것이고 최소한 의심스럽다고 생각할 것이며 나는 분명히 검문을 당할 것이었다. 시장에는 밤에도 거의 낮만큼이나 사람이 많았지만 그곳에 있는 사람들은 대부분 여러 가지 방식으로 안정되어 있고 돌출 행동을 하지 않으며 침착하다. 시장 안에 들어섰을 때, 심지어 그곳에 몰려든 군중 속에서도 눈에 띄는 사람은 검문의 위험에 처하게 된다. 낮에 수많은 사람들이 드나들며 고기를 얻어갈 동안은, 애써서 주의를 기울여야 하긴 하지만 그래도 최소한 얼마 동안만이라도 검문을 피할 수 있다.

지금 나는 더 일찍, 예를 들어 우리 집이 땔감으로 사용되기 위해 철거당했던 그 첫날에, 내가 아직 잘 쉬고 기운이 있어서 다가오는 경찰이나 푸주한을 확실히 더 빨리 눈치 채고 피할 수 있는 상태였을 때 시장에 들어가지 않았던 것을 후회했다. 내가 지금 처한 상황에서는 이 모든 것이 매우 힘들까봐 두려웠다. 동시에 그 외의 해결책은 없다는 사실도 깨달았다.

새벽녘에 나는 마침내 모든 위험을 감수하고 시장 입구의 철문으로 들어갈 준비가 되어 있었다.

쓸데없이 남의 눈길을 끌지 않기 위해서 들어가기 전에 너무 오랫동안 멈추어 있을 생각은 없었지만, 그런데도 들어가기 전에 나는 약간 망설였다. 지금 하는 일이 현명한지 다시 한 번 고민했고, 한 무리의 경찰들이 다가오는 것을 갑자기 보았을 때는 도망칠 준비도 했다.

나는 그 때까지 시장의 철문 안에 들어서지 않았으므로 그런 방향에서는 내게 아무런 위험도 닥칠 수가 없었지만, 이제 와서 몸을 돌려 빠른 걸음으로 멀어지기 시작했다가는 의심을 받을 수도 있다는 사실을 깨달았다. 그런 일은 어떤 경우에도 원하지 않았다. 그리고 만약에 도살을 피하는 데 성공한다 해도 나는 어쨌든 주의를 끌게 되었을 텐데, 결국은 시장으로 들어가는 것 외에 내게 선택지가 남지 않을 것이었기 때문에 남의 주목을 받는 것은 바람직하지 못했다.

나는 더 이상 망설이지 않았다.

몇 번의 빠른 발걸음으로 시장 입구까지의 거리를 지나친 후에 나는 겁먹은 채로, 그러나 안도하면서, 안으로 숨어들었다.

각각의 등급은 이어져 있었지만 그래도 등급마다 입구는 따로 있었다. 나는 물론 즉각 삼급실로 들어갔다. 여기가 가장 안전하리라는 것을 나는 전부터 알고 있었다.

상해가는 고기의 다정한 냄새가 콧구멍을 때렸다. 내가 가질 권리가 없는 고기, 카드가 최소한 한 장은 있어야만 얻을 수 있는 고기.

나는 홀린 듯이 음식물 무더기로 가득한 판매대를 구경했고, 능숙한 손놀림으로 고깃조각을 잘라서 카드를 가진 사람에게, 배불리 먹을 권리를 가진 사람에게, 머리를 가릴 지붕에 대한 권리를 가진 사람에게 건네주는 푸주한들을 구경했다. 손으로 만져질 듯한 허기가 느껴졌다. 보통 때라면 요리를 했더라도 먹을 마음이 내키지 않았을 고기지만 지금이라면 날것으로라도 기꺼이 먹었을 것이다.

갑자기 나는 자신이 뭔가 괴로움으로 가득한 굶주림의 황홀경 같은 것에 빠진 채 움직이지 않고 서 있다는 사실을, 그렇게 선 채로 내 눈에 기적과도 같이 보이는 고기를 끈질기게 들여다보고 있었다는 사실을 깨달았다. 한 자리에 머물러 있는 것은 매우 현명하지 못했다. 게다가 너무나 많은 것을 말해주는 나의 시선은 남의 눈에 띄었다. 나는 재빨리 자연스럽게 몇 번 움직여 천천히, 마치 판매대 앞에 서 있을 만한 자리를 고르는 것처럼 천천히 걸어 다니기 시작했다.

여기 삼급실의 고기는 오래 되었고 전혀 가치가 없었지만, 그래도 종종 품질이 천차만별이었다.

몇몇 판매대에는 창고에서 곧장 공급된 고기, 여전히 먹을 수 있는 상태로 보이는 고기가 진열되어 있었으나, 이곳에는 또한 첫눈에 보아도 먹을 수 없는, 최소한 정상적인 상황이라면 먹을 수 없는 고기를 늘어놓은 판매대들도 있었다.

아무도 그런 고기를 카드와 바꿔가지 않는다면 그 고기는 언젠가 치워져 다른 방법으로 이용될 것이며 그 대신 조금 더 신선한 고기가 판매대에 올라올 것이라는 사실을 인정할 수밖에 없다.

고기를 얻기 위해서 시장에 다니는 동안 나는 대체 어느 판매대에 최소한 조금이라도 신선한 고기가 정기적으로 공급될지 알아내는 데 한 번도 성공하지 못했다. 고기의 품질은 날마다 바뀌었고, 바로 어제 그다지 상하지 않은 고기를 얻을 기회를 주었던 판매대에서 오늘은 그다지 고기처럼 보이지 않는 혐오스러운 덩어리를 제공할 수도 있었다.

그것은 끊임없이 고기를 섞은 결과였는데, 푸주한들은 좋은 고기를 얻을 수 있는 어느 한 판매대에 사람들이 익숙해지는 것을 막기 위한 목적으로 그렇게 했다. 질이 떨어지는 고기를 치우기 어려워질 지도 모른다는 걱정에서 비롯된 것일 수도 있고, 어쩌면 더 단순한 이유로, 즉 장 보는 사람들을 끊임없는 불확실성과 불안감 속에 잡아두려는 의도에서 그랬을 수도 있다.

만약 누군가 판매대에서 최소한 겉보기나마 마음이 끌리는 고기를 발견하고 고기를 얻기 위해 그 판매대 가까이에 다가섰다가도, 불쾌한 실망감만 맛보게 되는 일도 또한 일어났다.

푸주한들은 이미 정말로 괜찮지 않게 된 썩어가는 고기를 치울 수 없게 되면 그 위에 어느 정도 신선한 조각을 얹어놓는 방법으로 종종 장 보는 사람들을 꾀었다. 카드를 주고 유혹적으로 보이는 고기를 바꿔가기로 결정한 불운한 사람은 카드를 건네주고 나서 그 어떤 고객이라도 판매대에서 밀어낼 법한 구역질나고 썩어가는 조각을 건네받고 놀라는 것이다.

그러나 그렇게 깜짝 놀란 불운한 사람이 항의하는 것은 불가능했다 — 푸주한에게 먼저 말을 거는 것은 경찰에게 말을 거는 것과 마찬가지로 금지되어 있었고 처벌은 도살이었다. 그 어떤 굶주림도 느끼지 못하게 해줄 혐오스러운 쓰레기를 받아야만 하는 상황에서 빠져나오는 유일한 방법은 고기를 그대로 두고 판매대를 떠나는 것이었다. 그것은 금지되지 않았다.

그러나 장 보는 사람은 그와 함께 카드도 버리게 되는 것이다. 푸주한이 어떤 고기를 제공하는지 알게 되기 전에 카드를 미리 건네주어야 하기 때문이다.

그러므로 고기도 없고 카드도 없다. 또한 심지어 그날 시장에서 카드를 주고 고기를 받았다는 확인증조차 받을 수 없을 것이다. 그런 확인증은 매우 중요했다. 만약 몸에 지닌 카드가 한 장도 없으면 우연히 검문에 걸렸을 경우 지금 가지고 있는 고기가 훔친 것이 아니라 정당한 방법으로 얻은 것이라는 사실을 증명할 수 없기 때문이다.

그러므로 대부분의 경우 더 깊이 생각하는 사람은 아무도 없었고 — 아마도 한 번도 없었을 것이다 — 빈손으로 떠나는 것보다는 썩어가는 고기라도 가져가는 쪽을 택했다.

삼급실에서 고기를 사야만 하는 사람이라면 누구나, 판매대 위에 있는 고기가 겉보기에 나쁘지 않아 보여도 실제로 먹어야만 하는 고기의 품질은 보장되지는 않는다는 사실을 알고 있었지만, 많은 사람들이 나서서 카드를 고기로 바꾸기로 결정하기 전에 오랫동안 심사숙고하면서 판매대를 둘러보았다.

나는 경탄에 가득 차서 움직이지 않고 서 있는 자세가 현명하지 못하다는 사실을 깨닫자마자 즉시 똑같은 방식으로 행동하기 시작했다.

한편으로는 위험한 순찰대가 가까이 오지 않는지 끊임없이 살피면서도 나는 진열된 고기를 둘러보기 시작했다. 그렇게 해서 나는 군중 속의 한 사람, 아마도 카드를 가지고 있을 것이 분명한 사람들 중 하나가 되었다.

그런 사람이 시장 안을 쉬지 않고 돌아다니면서 고기를 사기로 결심할 만한 판매대를 고를 때에는 여기저기 드러누운 부랑자들을 항상 넘어 다녀야 했다. 그런 인간쓰레기들은 판매대에 다가갈 수 있도록 자리를 비켜주려는 노력은 전혀 하지 않았다. 또한 검문하는 경찰에게 길을 비켜 주어야 했고, 마지막으로는 누군가 카드를 훔쳐가지 않도록 언제나 지켜야 했다. 이 마지막 위험은 최소한 지금으로서는 나와 상관이 없었지만 그 대신 나는 경찰의 손에 붙잡혀 도살당하지 않기 위해서라는 단순한 이유에서 경찰을 피해야만 했다.

　그래도 나는 어떻게든 시장에 남아서 쉴 수 있는 편안한 장소를 찾아내고 어쩌면 먹고 기운을 낼 고기 한 점도 얻어내는 데 성공할 것이라는 희망을 갖고 있었다.

　그 모든 일에는 어쨌든 카드가 필요했다.

　그리고 내 경우에는 무슨 수를 써서든 카드를 구하는 것이 필요했다.

　카드를 훔쳐야만 하리라는 생각에 나는 불안해졌다. 나 자신이 결심을 굳히지 못할 것 같았기 때문이 아니라 도둑질이 성공하지 못할까봐, 카드를 빼내기도 전에 미리 붙잡혀 버릴까봐 겁이 났기 때문이다. 그런 상황은 내게 치명적인 결과를 가져올 것이었다.

　그 때문에 나는 할 수 있는 한 가장 조심스럽게 숙고하면서 일을 진행하기로 결심했다. 카드를 훔칠 때 폭력을 행사하는 것은 배제해야 했다. 여기 시장에서 그렇게 하는 것은 경찰에게 다가가서 나를 도살해달라고 부탁하는 것과 똑같았다. 최소한 카드가 내 소유가 되는 순간까지는 반드시 눈에 띄지 않고 훔쳐내야 했다.

　목적을 이루기 위해서는 당연히 시장보다 더 좋은 장소가 없었다. 오로지 여기에서만 누구에게든 가까이 밀고 들어가서 몸을 딱 붙이고 능숙한 손가락을 번개같이 주머니에 집어넣는 일이 가능했다. 과제를 완수하는 데 단 한 가지 어려움은 모두가 예전의 나처럼 자기 카드를 지키고 조심하며 항상 손으로 움켜쥐고 주의를 게을리 하지 않는다는 사실이었다.

　나는 도둑질 외에는 달리 카드를 얻을 방법이 없었으므로 마음의 결정을 굳혀야 했고 한시라도 빨리 실행하는 것이 자신에게 이득이었다.

　주변 상황이 도와주기도 했지만, 우연한 사건 때문에 나는 그토록 갈망하던 카드를 첫 시도에서 바로 얻어낼 수 있었다.

　나는 너무나 배가 고프고 지쳐 있었다. 경찰이 다가오지 않는지 끊임없이 주의해야 했다. 한 순간 나는 가장 가까운 근방에서 무슨 일이 일어나는지 경계하기를 멈추었다. 어떤 부랑자가 다리를 쭉 뻗고 바닥에 누워서 어느 판매대로 용기를 내어 다가가야 할지 결정하지 못하는 사람들의 물결을 구경하면서 눈에 띄게 즐기고 있었다.

　그 부랑자는 내가 자신을 눈치 채지 못한 채로 가까이 다가서는 것을 분명히 알았을 테지만, 그런데도 다리를 움츠리지 않았다. 나는 그 다리에 걸려 넘어졌다.

　그것이 나의 행운이었다.

　넘어지면서 나는 지나가는 사람에게 기대어 버티려고 애쓰며 팔을 벌렸다. 겁에 질려서 나는 사람들의 눈에 띄는 행동을 하고 있다는 것, 지금 바닥에 넘어져 구르면 그 순간은 누가 다가오는지, 혹시 경찰인지 알 수 없게 될 것이라는 사실을 깨달았다. 공포가 나를 덮쳤고 조금 뒤에 들킬 수도 있다는 생각이 나를 행동으로 밀어붙였다.

나는 넘어지면서 어떤 여자를 세게 붙잡았는데, 여자는 보아하니 그다지 확실하게 발을 딛고 서 있지 않았던 듯하여 내가 넘어지는 쪽으로 끌려왔다. 여자는 균형을 유지하려 애쓰면서 어떤 남자의 어깨를 잡았다. 그렇게 해서 여자의 양 손이 다른 곳을 붙잡으면서 그 때까지 여자가 주의 깊게 지키고 있던 카드를 드러냈다.

일 초도 망설일 수 없었다. 그것은 어떤 대가를 치르더라도 그냥 지나칠 수 없는 순간이었다!

나는 여자를 놓아주었다. 이제 실제로 바닥을 구르게 될지 아닐지는 내게 아무래도 상관 없었다. 여자를 놓아주었지만, 단지 잠깐 동안 만이었다. 곧 나는 여자의 허리를 가볍게 안았고 무슨 일이 일어나는 건지 스스로 깨닫기도 전에 여자의 주머니에 손을 넣었다 — 그리고 갈망하던 카드는 내 것이 되었다!

이젠 무슨 일이 일어나든 괜찮다! 나는 구원받았다!

여자는 완전히 바닥에 넘어져 구르지는 않았다. 남자에게 기댄 것이 도움이 되었다. 여자는 재빨리 똑바로 서서 — 나도 태연하게 일어섰다 — 똑바로 서서 예전부터 카드를 확인할 때 하던 흔한 몸짓을 했다.

그리고 굳어졌다.

여자는 빠르게 손가락을 주머니에 넣었고, 눈에 두려움이 떠올랐다. 주머니에서 빈 손을 꺼내고 비명을 질렀다. 그것은 여자의 입장에서 볼 때 매우 현명하지 못한 짓이었고 금방 그 사실을 깨달았으나 때는 이미 늦었다.

사람들의 눈길을 끌지만 않았어도 여자는 검문당하지 않고 시장을 빠져나가 그곳을 떠나서 목숨을 건지리라는 희망을 계속 가질 수도 있었다. 확실히 겁먹지 않고 빠져나갈 수는 없었을 것이다. 어쨌든 출구에서 구입 확인증을 제출하거나 아니면 최소한 이용하지 않은 카드를 보여주어야 했지만, 그래도 군중 속에 있을 때는 몰래 섞여서 빠져나가며 검문을 피하는 것이 가능했다. 검문을 피하려면 또한 여자 자신이 남의 카드를 훔치는 방법도 있었는데, 그렇게 하면 여자는 아무런 피해도 입지 않았을 것이었다.

그러나 여자는 비명을 질렀다.

나를 걸어 넘어뜨렸던 인간쓰레기가 벌떡 일어섰다! 분명히 여기서 무슨 일이 벌어지는지 관찰했고, 카드가 여자의 주머니에서 내

주머니로 이동했음을 본 것이다. 부랑자는 여자가 불안해하는 것을 보았다. 여자가 모든 것을 잃었고 이제 카드를 한 장도 갖고 있지 않다는 데 이보다 더 좋은 증거가 어디 있겠는가.

부랑자는 덤벼들어 여자를 세게 붙잡았고, 가까이에 있던, 무슨 일인지 금방 눈치 챈 다른 인간쓰레기가 재빨리 군중을 헤치고 서둘러 경찰을 찾으러 갔다.

이와 비슷한 상황을 이미 과거에 몇 번이나 보았고 전혀 새로울 것이 없었음에도 불구하고 나는 자리에 남아 여자에게 무슨 일이 벌어지는지 두고 보기로 했다. 특히나 주머니에 카드를 가지고 있는 지금 경찰은 내게 전혀 위험하지 않았기 때문이다.

게다가 이 사건 전체의 주된 원인 제공자는 나 자신이지만, 부랑자의 주의력 또한 여기서 의미가 없지 않았다는 점을 인정해야겠다.

시간은 얼마 걸리지 않았고, 경찰을 부르러 간 부랑자가 곧 그들과 함께 돌아왔다.

그 뒤로 나는 몰래 훔쳐보았다. 모든 일이 완전히 보통 때처럼 흘러갔다. 도살을 대놓고 구경하는 것은 여기 시장에서도 금지되어 있었다.

카드를 도둑맞은 여자는 부랑자의 손에서 몸부림치며 빠져나가려 애썼다. 그러나 부랑자는 여자를 단단히 붙잡고 있다가 경찰이 넘겨받고 나서야 놓아주었다. 여자는 이제 그다지 반항하려 하지 않았는데 그것은 금지되어 있기 때문이었다. 얼마 지나지 않아 경찰은 적절하게 넓은 공간을 만들기 위해 군중을 쫓아 버렸고 그런 뒤에 관례적으로 여자를 창으로 찔러 죽였다.

임무를 마친 후에 경찰은 또 근처에 있던 사람 전원을 검문했다. 나는 이제 경찰 앞에서 몸을 숨기지 않아도 된다는 사실이 기뻤고, 숨기는커녕 내 차례가 다가오기를 무심하게 기다렸다가 카드를 보여주었다. 모든 일이 완전히 보통 때처럼 흘러갔고, 그 어떤 경찰도 내게 더 이상 주의를 기울이지 않았다.

다만 내 생각에는, 이제 다시 바닥에 널브러진, 아까 내가 걸려 넘어졌던 그 부랑자의 눈에서 한 순간 이해의 빛을, 혹은 공범의 승인을 본 것 같았고, 그렇게 해서 그는 모든 일이 어떻게 돌아간 것인지 잘 알고 있다고 내게 알려주는 것 같았다. 그러나 그런 것은 아무래도 좋았다 — 물론 다른 범법 행위를 저지르지 않았을 때 이야기지만, 어쨌든 카드를 가지고 있는 한 시장에서 나는 전혀 위험하지 않았다.

경찰은 검문을 마치고 빠른 걸음으로 멀어져 갔다. 카드를 가지고 있지 않으며 그러므로 시장에서 고기를 훔칠 의도였다는 의심을 받을 만한 사람은 아무도 체포하지 않았다. 보통의 경우라면 이 상황 전체에 더 이상 주의를 기울이지 않았겠지만 그래도 결국은 나와 관련이 있었다는 점 때문에 나는 잠시 동안 몰래 경찰을 쳐다보았다. 그러다가 뭔가를 봤는데, 그 때문에 한 순간 생각에 잠길 수밖에 없었고 동시에 눈에 띄지 않게 따라가야겠다는 억누를 수 없는 욕구를 느꼈다.

왜냐하면 아까의 부랑자 두 명이 다시 자리를 잡고 앉았다가 갑자기 남몰래 일어나서 빠른 걸음으로 서둘러 경찰을 따라갔기 때문이다. 나는 지금이라면 뭔가를 쉽게 알아낼 수 있겠다고 생각했고 실제로 조금 전에 본 광경은 갑자기 내게 많은 것을 설명해 주었으며 시장에서 나 자신의 미래를 계획할 수 있게 해 주었다는 사실을 인정해야겠다.

그러나 그 일을 보기 전에 나는 경찰과 부랑자들처럼 거의 시장 전체를 가로질러서 반대쪽까지 건너가야만 했다. 갑자기 내가 뒤를 밟던 사람들이 시야에서 사라졌고, 내가 찾을 수 없겠다고 생각한 순간 다시 발견했는데, 각각 떨어져 있었지만 의심의 여지 없이 같은 장소에서 나온 것이 분명했다.

그들의 손은 비어 있지 않다. 옷 밑에 뭔가 감추고 있었는데 그게 뭔지 추측하기란 어렵지 않았다. 언젠가 불법 도살을 수행할 것을 요구했던 남자를 위해 일할 때 내가 그랬던 것처럼 그들도 서비스의 대가로 경찰에게서 보상을 받았음을 나는 즉시 이해했다.

그들은 고기를 상으로 받은 것이다.

그래도 내 추측이 맞는지 확인하고 싶어서 나는 아까 걸려 넘어졌던 부랑자를 계속 관찰했다.

그리고 실제로 그는 돌아와서 금방 자리를 잡고 앉아 잠깐 기다리다가 기름때에 전 코트 밑에서 고기 한 조각을 꺼냈는데, 게다가 그것은 요리된 고기였다!

그러니까 인간쓰레기들은 이런 방법으로 음식물을 얻는 것이다! 이제는 그 점이 확실해졌다! 손을 뻗어 구걸을 하는 것은 그들의 입장에서는 음식물을 얻는 진짜 원천이 경찰과의 협력이라는 사실을 아무도 알지 못하도록 하기 위해 부리는 수작인 것이다!

이 사실은 의심의 여지가 전혀 없었다. 어쨌든 이제까지 누군가 시장에서 인간쓰레기에게 자기 고기 조각을 주는 건 본 적이 없다. 나 자신도 그런 일을 해 본 적이 한 번도 없다. 그럼에도 불구하고 부랑자들이 종종 고기를 먹는 모습을 보았는데, 그 고기가 어디서 왔는지 이제는 분명해진 것이다.

그러므로 나는 카드도 갖고 있었고 동시에 어떻게 고기를 구할지에 대한 실마리도 잡았다. 물론 나는 어떤 조건을 충족시켜야 주변에서 부랑자로 인정되어 경찰의 임무 수행을 도와줄 수 있는지 알지 못했다. 그래도 그렇게 하는 데는 여러 가지가 필요하지 않을 것이고 어쩌면 땅에 누워서 무심하게 시간을 낭비하는 것으로 족할지도 모른다는 희망을 가졌다.

그거라면 당장이라도 할 수 있었다. 그래도 경찰과 나머지 인간쓰레기들이 나에게 주의를 돌리고 실제로 나를 인간쓰레기 중 하나로 인정하기까지 시간이 많이 걸릴지도 모른다고 생각했다. 누군가를 붙잡아 나중에 경찰이 도살할 수 있도록 하려다가 나 자신이 도살당하는 것으로 끝나는 참담한 실수를 저지를 위험을 무릅쓰고 싶지는 않았다.

누구든 부랑자 하나와 친해져서 물어봐야겠다고도 생각했다. 그러나 그것은 완전히 실없는 생각이었고 실행에 옮겼다가는 치명적인 결과가 일어나리라는 것을 나는 잘 알고 있었다.

경찰과 부랑자들이 서로 알고 지낸다는 것은 믿었지만, 서로 대화를 한다거나 조를 짜서 일하리라고는 생각할 수 없었다. 그런 일은 여기 시장에서도 금지되어 있었고 처벌은 도살이었다.

인간쓰레기들은 시장에 끊임없이 머물렀고 경찰은 그들을 눈여겨보면서도 그대로 놓아두었기 때문에 그들에게 아무런 악감정도 가지고 있지 않다는 결론을 내릴 수 있었다. 그런 식으로 일종의 공동체가 생겼는데, 암묵적인 것은 사실이었지만 그 대신 안전한 공동체였다. 설령 그 안전이라는 것이 어느 정도까지만 한정되어 있다 해도 말이다.

부랑자가 어떤 식으로든 혐의를 받으면 설령 경찰과 알고 지낸다 해도 다른 모든 사람과 마찬가지로 도살당할 것이었다. 이곳에서 부랑자들에게 허용된 유일한 행동은 시장에서 도둑질을 할 의도였다는 의심이 가는 사람을 붙잡아 경찰의 주의를 끄는 것이었다. 여기서는 그런 사람을 경찰이 올 때까지 잡아둘 목적만이라면 인간쓰레기들도 심지어 어느 정도 폭력까지 사용할 수 있었다. 과거에 나는 몇 번이나 부랑자들이 누군가를 붙잡아 경찰의 주의를 끄는 모습을 본 적이 있다.

물론 그들도 다른 모두와 마찬가지로 경찰에게 먼저 말을 거는 것은 금지되어 있었다. 그러므로 만약에 경찰에게 누군가 체포하라고 의사표현을 하고 싶다면 그 목적으로는 팔만 사용하여 머리 위에서 몇 번 휘둘렀고 그렇게 경찰의 주의를 끌었다. 그런 주의를 끄는 것은 다른 상황이었다면 아주 바람직하지 못하며 대담하게 그런 짓을 하는 사람의 도살로까지 이어질 수 있었을 것이다.

나는 부랑자가 아닌 다른 사람이 시장에서 누군가를 붙잡고 게다가 경찰까지 부를 정도로 용기를 냈다면 그 희생자와 마찬가지로 즉시 도살당할 것이라고 확신했다. 모든 일은 길거리 어딘가에서와 마찬가지로 흘러갈 것이었다.

그렇다면 내가 부랑자로 인정받아 고기를 얻는 대가로 도둑으로 의심되는 사람이나 혹은 다른 범법자들 쪽으로 경찰의 주의를 끌려면 어떻게 해야 하는가.

부랑자 중 하나와 이야기를 해 보겠다는 생각은 즉시 버렸는데, 왜냐하면 그런 행동 때문에 나는 범법 행위를 저지르게 될 것이었고, 부랑자는 분명히 고기를 대가로 얻기 위해서 경찰의 주의를 끌 것이었기 때문이다. 또한 어느 푸주한이 나를 눈여겨보고 금지된 무리를 지으려 한다고 생각할 수도 있었다. 게다가 부랑자들로서도 인원이 늘어나는 것이 유리하지 않을 수도 있었는데, 왜냐하면 범죄를 신고한 대가로 고기를 얻을 희망이 줄어들 수도 있기 때문이었다. 범죄자를 붙잡거나 상황을 신고하는 동안 그 행동에 직접 참여한 사람만이 고기를 얻을 권리를 가진 것이 분명했던 것이다. 그리고 범법행위를 폭로하는 것만으로 모든 부랑자들이 배부르게 먹을 수 있을 만큼 불법 사건이 자주 일어나지는 않을 것이 분명했다.

이미 대단히 굶주렸지만 나는 조금 더 기다리기로 마음먹고, 필요한 사항을 알아낼 수 있으리라는 희망을 가지고 인간쓰레기들과 경찰의 행동을 관찰했다.

과거에는 한 번도 부랑자들에게 쓸데없이 주의를 기울인 적이 없었다. 내가 기억하는 한 그들은 언제나 시장에 있었고 그들과 엮일 이유는 이제까지 한 번도 없었다. 아쉬운 일이다. 내가 언젠가 그들 중의 하나가 되리라거나 혹은 그렇게 되는 것을 열망하리라고는 한 번도 생각하지 못했다. 내게는 머리 위의 지붕이 있었고 카드를 받을 권리가 있었으며 그래서 나는 미래에 대해서 생각하지 않았다. 과거에 그들의 행동을 관찰하고 세심하게 연구했다면 지금 모든 일이 더 쉬웠을 것이다.

그러나 나는 그 때까지도 다른 부랑자들이 다 그렇듯이 별 위험 없이 바닥에 앉을 수 있는지 아니면 그런 행동도 처벌을 받는지 알지 못했다. 전에 시장에서 바닥에 앉은 사람이, 부랑자인지 아닌지 완전히 확실하지 않은데 앉았던 사람이 도살당하는 걸 목격한 적이 있는지 기억하려고 해 보았다. 그 비슷한 일은 기억에 없다고 확신할 수 있었고, 게다가 겉모습이 문제라면 인간쓰레기들도 나머지 사람들과 다르지 않다는 걸 알아야 했다. 유일한 그들만의 명패라면 모든 사람들이 그들을 피해 가거나 넘어갈 동안 바닥에 누워 있다는 것이었다.

갑자기 나는 모든 부랑자들이 하듯이 눕기만 하면 아주 간단하게 부랑자가 될 수 있다는 사실을 깨달았다. 시장 삼급실의 거대한 구역 안에서는 어쨌든 어떤 경찰이나 푸주한이나 혹은 부랑자라도 누워 있는 사람들의 얼굴을 전부 알 리는 없기 때문이다. 그들처럼 눕는 것 하나만으로 나도 부랑자가 될 수 있다면, 그렇게 함으로써 맞닥뜨릴 수 있는 위험을 계속 염두에 두기는 했지만 그래도 더 이상 미룰 이유가 없다고 생각했다. 그리고 나는 실제로 한없이 지쳐 있었고, 내 생각에는 시장에서 누군가 부랑자가 될 권리를 가진 사람이 있다면 다른 누구보다도 바로 나였다.

마치 아무 일도 없다는 듯이 나는 판매대 사이를 돌아다녔고 심지어 딱히 카운터를 둘러보지도 않으면서 평온하게 누울 만한 편리한 자리를 찾을 때까지 기다렸다. 한 손은 주머니를 세게 움켜쥐고 있었는데, 그 안에 고기 카드가, 지금 어쩌면 내가 열망하는 부랑자가 될 권리를 줄지도 모르는 카드가 숨겨져 있었다. 어느 한 카운터 아래에 확실히 누울 수 있을 만한 약간 넓은 자리를 발견하고 나는 무심하게 주위를 둘러보았다. 아무도 나에게 전혀 신경 쓰지 않았다.

더 이상 망설이지 않았다. 나는 천천히 몸을 굽혀, 이런 일을 매일같이 몇 번씩이나 하는 사람처럼 보일 것이라고 확신하면서 옆으로 누웠고 마침내 갑작스럽게 이제는 안전하다는 느낌과 함께 곧이어 찾아올 휴식에서 비롯된 더할 나위 없이 황홀한 행복감에 안도하며 다리를 폈다.

나는 실제로 편하게 누웠고, 마침내 잠들기로 결심했다. 그러나 한 순간이라도 카드에 대해서 잊어서는 안 되었고 주의 깊게 지켜야만 했다. 카드를 그다지 안전하지 않은 주머니에서 꺼내어 찢어진 바지 속, 촉각이 특별히 예민해서 최소한 내 의견으로는 카드가 어느 정도 안전할 수 있는 자리에 집어넣었다. 그렇게 하고 나서 나는 곧 무겁고 불안하며 중간중간 끊어지는 잠에 빠졌는데, 그러면서도 아직 여러 가지 일들이 나에게 해명되지 않았다는 사실을 끊임없이 의식하고 있었다.

보통의 지나가던 사람들, 고기를 사려는 사람들에게서 비롯되지 않은 것이 분명한 불쾌한 촉감 때문에 잠이 깨어 나는 갑자기 정신이 들었다.

내 카드! 겁에 질리고 패닉 상태의 공포에 빠져 나는 눈을 떴다. 도둑맞지나 않았는지!

그러나 금방 안심했다. 그것은 도둑질을 하려는 시도가 아니었다. 흔한 검문을 하는 경찰들이 나를 방해한 것이었다. 아랫배에 손을 넣어보고 안심해서 나는 카드를 보여주었다.

안도감에도 불구하고 언젠가 카드를 잃을지도 모른다는 걱정이 아닌 다른 이유로 나는 겁을 먹었다. 이제 도살을 당하는 건 아닐까 — 내가 정말로 금지된 일을 전혀 안 하고 있는 건가 — 경찰이 나를 부랑자로 봐 줄까.

그렇게 보아 주었다. 그들은 내 카드를 쳐다보고 더 이상 신경 쓰지 않고는 검문을 계속했다.

그러니까 나는 부랑자다! 다름 아닌 경찰들이 내게 그것을 증명해 주었다! 내 모든 의심과 두려움은 근거 없는 것이었다. 이런 생각을 마음껏 즐기고 카드를 다시 숨긴 후에 도로 잠이 들었는데, 이번에는 전보다 훨씬 더 평온하게 잠들었다고 감히 말하겠다. 그 뒤에 한 번 더 잠이 깨었는데, 그래도 이번에는 겁내지 않고 일어났고 다시 카드를 보여주자 그들은 더 오랫동안 나를 평온하게 내버려두었다.

그 누구의 방해도 받지 않은 채로 상당히 피로가 풀린 채 깨어났을 때는 이미 밤이었다. 시장에 오가는 사람들은 눈에 띄게 적어졌고 여기에 두 발로 서 있는 사람은 그다지 많지 않았다. 거의 완전한 어둠이 사방을 덮었다. 시장을 밝혀주는 것은 판매대 위로 그을음을 내며 타는 작은 등불들뿐이었다 — 기름통은 고기 기름으로 가득 차 있었는데, 그 고기는 너무 심하게 악취가 나고 상해서 푸주한들 자신도 카드를 받고 제공하는 것은 말이 안 된다고 생각하여 조수들에게 다른 용도로 사용하라고 명령한 것이었다. 등불의 기름통은 기름으로 가득했고 그 안에는 기름에 적신 심지가 꽂혀 있었는데, 심지는 시장으로 공급되거나 아니면 직접 이 안에서 도살된 사람들의 옷으로 만든 것이었다.

나는 용변의 필요를 느꼈다. 아무도 방해하지 않게 조용히 일어서서 시장 출구를 향해 천천히 움직였다.

삼급실은 비현실적인 풍경이라는 인상을 주었다. 판매대에는 낮에 그랬듯이 고기가 놓여 있었지만 약한 조명이 넓은 공간을 부드럽게 밝혀주어 일종의 매력을 더해 주었다.

판매대 위에는 고기가 놓여 있었고 판매대 아래에는 앞으로 고기가 될 사람들이 누워 있었다. 지금에서야 나는 시장 안에 인간쓰레기들이 얼마나 많은지 관찰하고 놀랐다. 누군가의 몸이 누워서 휴식을 취하지 않는, 부랑자가 잠들어 있지 않은 공터가 거의 한 군데도 없었다. 시장의 바닥 전체가 잠자는 사람들, 잠을 자거나 혹은 지금과 똑같은 자세로 보낼 수밖에 없었던 긴 하루가 지나고 휴식이라는 안도감을 즐기는 사람들로 뒤덮여 있었다.

푸주한들도 판매대 뒤에서 앉거나 혹은 판매대 앞의 인간쓰레기들과 똑같이 바닥에 뻗은 채로 쉬고 있었다.

이 사람들과 어떤 공동체를 — 그다지 강한 공동체는 아니더라도 나를 일종의 계급, 즉 시장에서 인생을 보내는 사람들의 계급에 속하게 해줄 공동체를 이루고 있다는 사실에 나는 갑자기 기뻐졌다.

출구에서 카드를 보이자 경찰이 나를 내보내 주었다. 시장 안과는 전혀 다른 공기의 무게에 한 순간 거의 다리가 풀릴 뻔했다. 왜냐하면 그 안에서 너무 시간을 오래, 이전의 그 어느 때보다도 오래 보냈기 때문에 후각이 악취에 길들여진 것이다. 그 안에서 나는 이전에 대부분의 시간을 보냈던 다른 환경에서 익숙해진 것과는 또 다른 악취를 들이마시고 있다는 사실을 감지하지도 못했다. 그 때문에 바깥세상, 시장 너머 세상의 일반적인 대기에 나는 더 강렬하게 반응했다.

도시는 배설물의 악취를 풍겼다. 지금 이 순간만큼 그것을 강하게 느낀 적은 없었다. 정신이 나갈 지경이었다. 그리고 혐오스러웠다. 시장에서 나와야만 했던 이유를 재빨리 해결한 후에 다시 서둘러 안으로 들어갔다.

안에 들어서서 나는 텁텁하지만 유쾌한 공기를 즐겁게 한껏 들이마셨다. 이제부터는 가능한 한 시장 밖으로 나가지 않겠다고 결심했다. 나는 오로지 이곳에서만 잘 지낼 수 있었다!

내가 얼마나 착각하고 있었는지 그 순간 알 수 있었다면!

그러나 설령 뭔가 예감했다 하더라도 아무 것도 바뀌지 않았을 것이다. 나는 갈 곳도 없었고 시장에 남아있는 것만이 휴식처와 고기를 얻을 가능성에 대한 유일한 희망이었다. 그리고 시장에 자리를 잡고 지낸다는 것이 얼마나 기만적인 일인지 짐작했다 하더라도 시장을 떠날 수는 없었을 것이다. 그곳에서 나의 체류가 끝나는 순간까지 남아 있었을 것이다.

그러나 나는 아무 것도 예감하지 못했고 다른 사람의 실수를 분간해낼 능력만 있다면 시장에서 안전하게 지내는 인간쓰레기들의 일원으로 받아들여졌다고 믿으며 편하게 누울 수 있는 자리를 찾아 점점 더 깊이 들어갔다.

인간쓰레기들 중에 여자가 얼마나 적은지가 눈에 띄었다. 그것은 여자들에게는 시장에서 지낼 권리를 주는 카드를 얻으려면 필요한 경험과 힘이 부족하기 때문이라고 생각했다. 그들의 주머니에서 그토록 열망하던 도둑질한 카드를 꺼내 보이기 전에 도시의 길거리에서 죽임을 당하는 것을 막아줄 경험과 힘이 부족한 것이다. 그러나 나중에 밝혀진 바 그것은 단지 일부분만 사실이었고, 여성이 약하다는 사실이 실제로 여기서 결정적인 역할을 하기는 했지만 현실은 그보다 훨씬 더 복잡했다.

나는 다시 배가 고픈 채로, 그러나 푹 쉬어 기운을 회복한 채로 누웠고, 내 머릿속에 가장 먼저 떠오른 것은 이제 곧 날이 밝아 시장에 보통 때처럼 사람들이 오가기 시작하면 내가 그토록 원하던 고기를 경찰에게서 얻기 위해 뭐든지 하리라는 생각이었다.

아침에 검문 때문에 나는 잠이 깼었다. 카드를 보여주었고 그 뒤에 일어섰다. 내게는 할 일이 있었다. 잠깐 시장 밖으로 나갔는데, 단지 볼일을 보고 가까운 우물에서 배를 채우기 위해서였다. 다시 나의 삼급실로 돌아와서 곧 배불리 먹을 수 있으리라는 기대를 가지고 내가 신고할 수 있는 범법 행위가 없나 눈여겨보았다.

그러나 그것은 완전히 쉬운 일은 아니었다. 어쩌면 내가 경험이 부족했던 것일 수도 있고 어쩌면 내가 예상했던 것보다 범법 행위가 적었던 것일 수도 있으며 어쩌면 그저 운이 없었던 것일 수도 있다. 실제로 두 번이나 경찰들이 부랑자의 신고를 받고 서둘러 다가가서 도살을 하는 것을 보았고, 그 대가로 거기 참여했던 인간쓰레기들은 틀림없이 보상을 받았을 것이었다. 그러나 양쪽 경우 모두, 나는 충분한 활동성을 보이기에는 현장에 너무 늦게 도착했다.

이미 무자비하게 배가 고팠는데 바로 그때, 이미 희망을 버리고 있었는데도 어떤 범법자를 갑자기 붙잡는 데 성공했다.

지나가는 사람들과 고기를 사는 사람들을 관찰하면서 누군가 판매대에서 고기에 손을 대려 한다면, 시장에 속하고 그러므로 손댈수 없는, 카드 없이는 손댈 수 없는 고기를 훔치려 한다면 꼭 발견하리라고 믿고 있었다. 그러나 운이 따르지 않았다.

　　갑자기 나는 어떤 남자에게 주의를 돌렸는데, 어제 내가 그랬듯이 판매대 주위를 빙빙 돌고 있었고, 비렁뱅이에다 기진맥진한 것처럼 보이는 남자였다. 내가 어제 그랬듯이 그도 남의 눈길을 끌지않으려고 했고 아마 나도 어제 분명히 그랬겠지만 그의 얼굴에도 불안감이 떠올라 있었다.

　　의심의 여지가 없었다. 그것은 카드를 소지하지 않고 누군가의 카드를 훔치려는 사람이었다!

　　나는 재빨리 그 도둑질을 막아야만 했다. 도둑질을 하는 동안은 확실히 착오가 생길 것이고 그로 인해 나보다 더 경험이 많고 게다가 나와 똑같이 경찰에게서 고기를 얻을 결심을 굳힌 다른 부랑자가 나를 앞지를 수도 있었다.

　　나는 망설이지 않았다. 남자가 주머니에 카드를 한 장도 지니고 있지 않으리라 확신했다. 나는 그에게 덤벼들었고 배고픔으로 인해 대단히 기운이 빠져 있기는 했지만 경찰이 다가올 때까지 놓아주지 않을 작정으로 그를 양손으로 꽉 붙잡았다.

남자는 저항하며 몸을 빼내려 했다. 가까이 있던, 다른 사람들보다 동작이 빠른 어떤 부랑자 하나가 재빨리 벌떡 일어나서 경찰에게 서둘러 다가가는 것을 보고 나는 안심했다!

그리고 실제로 잠시 후에 경찰은 현장에 도착했다. 나는 남자를 놓아주었고 경찰이 흔한 검문을 행하여 남자에게 분명히 카드가 없다는 사실을 확인할 동안 어제 나에게 카드를 도둑맞은 여자를 붙잡은 부랑자가 했듯이 나도 바닥에 편하게 누웠다.

그 뒤로 모든 일이 정상적으로 흘러갔다 — 잠시 후에 남자는 도살당했다.

그 뒤에 검문하는 경찰관들에게 카드를 보여주었고, 경찰이 멀어지기 시작하자 그 앞에 앞장서서 걸어가는 부랑자처럼 나도 같이 걷기 시작했다. 마치 무심한 것 같았지만 상으로 고기를 받으리라는 생각을 하고 있었다.

경찰은 어제처럼 시장의 똑같은 그 구석으로 향했고 나와 부랑자는 뒤를 따랐다. 그 뒤에 갑자기 경찰의 무리에서 직원 두 명이 갈라져 나왔고 나머지가 임무를 완수하기 위해 계속 가는 동안 그 두 명은 우리가 천천히 다가갈 때까지 기다렸다가 그 뒤에 우리에게 미리 따라오라는 신호를 주고는 조그맣고 더러운 문 안으로 사라졌다.

나는 호기심에 차서 먼저 들어섰고 부랑자가 따라서 들어왔다. 우리는 좁은 복도에 서 있었다. 계속 가야 할지 알지 못해서 마치 기다리는 것처럼 멈추어 서 있는 부랑자를 쳐다보았다. 분명 경험이 있을 것이라 생각해서 나도 그가 하는 대로 따라했고 실제로 얼마 지나지 않아 경찰이 돌아왔는데 우리 각자에게 손에 고기를 쥐어주었고 우리는 나올 수 있었다.

이 모든 일이 얼마나 간단했는지! 내가 지금 받아들인 임무를 완수하면 이렇게 쉽게 보상이 다가올 것이고, 나는 고기가 모자라서 고생할 것을 두려워하지 않아도 되는 것이다!

나는 안정된 것이다!

머리 위에 지붕이 있었고 먹을 것도 있었다. 심지어 카드를 받으러 사무소에 갈 필요도 없었고, 그저 주위에 무슨 일이 일어나는지 신경만 좀 쓰는 것으로 충분했으며 음식은 보장되어 있었다. 게다가 나는 시장에, 흘러넘치는 고기로 끊임없이 눈요기를 할 수 있는 동화의 나라에 항상 머무를 수 있었다. 비록 삼급실 뿐이더라도 나는 시장에 머무를 수 있었고 그것으로 만족했다.

그 부랑자와는, 비록 짧은 시간 함께 일하기는 했지만 아무런 대화도 나누지 않았다. 또 다시 시장의 거대한 공간에 들어서자 우리는 즉시 갈라져서 각자 다른 방향으로 걸어갔다.

너무나 배가 고파서 그다지 오랫동안 궁리하지 않았다. 누울 자리를 찾아서, 그리고 방금 경찰을 도와준 대가로 받은 고기를 마침내 뜯어먹을 곳을 찾아서 잠시 둘러보았다.

마치 아무 일도 없었다는 듯이 나는 가장 가까운 판매대 아래 누워서 아주 잠깐만 기다렸다가 재빨리 품속에서 열망하던 음식물을 꺼냈다. 황홀경이 나를 꿰뚫었다.

고기는 커다란 조각이었고 심지어 이급실 판매대에서 온 것 같이 보였으며 게다가 삶은 것이었다!

나는 주위에 신경 쓰지 않았고 주변도 나에게 신경 쓰지 않았다. 나는 그저 부랑자 중 하나일 뿐이었고 아무도 나를 눈여겨보지 않았다. 나는 평온하게 고기의 첫 한 입을 물어뜯었다.

어찌나 부드럽던지! 지난 며칠동안 굶주린 끝에 내 입은 갑자기 좋은 고기로 가득 찬 것이다. 나는 천천히 깨물었고, 이 황홀경을 오래 끌고 싶었으며 실제로 그렇게 하는 데 성공했다. 마지막 한 입을 삼키기까지 더 긴 시간이 흘러갔다.

배불리 먹었다. 나는 거의 황혼녘까지 자리를 떠나지 않고 푹 쉬면서 내가 해낸 일을 되새기며 기뻐했다. 푸주한과 조수들이 조그만 기름등잔에 불을 켜기 시작했을 때에야 나는 일어나서 볼일을 보고 가까운 우물에서 갈증을 달래기 위해 시장의 출구 쪽으로 움직여 갔다.

그러나 나는 시장 밖에서는 아주 잠시 동안만 시간을 보냈다. 시장 밖으로 나간 용건을 완수하는데 꼭 필요한 시간 만큼이었다. 나는 온몸으로 돌아가기를 갈망했다. 시장에서 나는 피난처를, 새로운 집을 발견했으며, 그곳의 벽은 육중했으므로 오래 되어 저절로 무너지지지도 않고 땔감으로 쓰기 위해 철거되지도 않을 것이라고 확신했다.

남은 것은 적절한 주의력과 어느 정도의 활동성을 지키는 것뿐이었다. 이제 일평생 정당하게 보장을 받을 수 있는 것이다!

다시 삼급실로 들어가 그 공간 안에 서자 마치 모든 것이 신뢰성을 발하는 것만 같았고 '너는 여기에 속한다!' 라고 알려주는 것만 같았다. 그리고 나는 감사한 마음으로 그런 보증을 받아들였다. 또한 예전에 그 나무로 된 집이 아직 서 있어서 그 안에서 살 때, 사무소에 카드를 받으러 다닐 수 있었던 그 때보다도 안전하다고 느꼈고 마음이 편했다.

시장의 거주자들은 벌써 얼마 전부터 누워서 자고 있었고 나도 굳이 똑같이 하지 않을 이유가 없었다. 사실 그다지 피곤하지는 않았다 — 정당하게 받을 권리가 있는 고기를 먹고 나서 충분히 기운을 되찾았던 것이다. 그러나 나머지 거주자들이 이미 자고 있는 동안 시장 안을 돌아다니는 것은 적절하지 못하다고 여겼는데, 그렇게 하면 쓸데없이 주의를 끌게 될 수도 있었다. 카드를 가지고 있다는 점에서 위험성은 무시할 수 있을 정도로 작았지만 말이다.

곧 어느 판매대 아래에 누웠고 달리 할 일이 없었기 때문에 잠이 들었다.

밤 동안에 카드 검문 때문에 깬 것은 단지 두 번이었다. 세 번째로 경찰이 잠을 깨웠을 때는 시장 안으로 첫 고객들이 천천히 들어오는 것이 보였고 밖에서 자연적인 볼일을 보고 안으로 돌아왔을 때 시장에는 보통 때와 같이 사람들이 넘쳐나고 있었다.

배가 고프지는 않았다. 전날 먹은 고기가 그 때까지도 기운차고 배부른 느낌을 주었다. 그러나 확실히 미래를 생각해야만 했다. 나는 그 점을 염두에 두고 범법 행위자가 있는지 눈여겨보기 시작했는데, 그런 범죄자를 색출하는 것이야말로 다시 음식물을 얻을 수 있으며 굶주림의 위협을 쫓아버릴 수 있다는 뜻이었다.

그러나 유감스럽게도, 불법적인 일이 보통 때와 마찬가지로 일어났으리라는 것은 의심하지 않지만, 그날은 내가 범법자를 한 사람이라도 붙잡거나 경찰을 부르는 데 성공하지 못했다는 점을 기록해두어야겠다.

어쨌든 나는 경험이 충분하지 못했다 — 어떤 법령이나 규율을 우발적으로 어기는 행위를 제때 가려내지 못했고, 경험이 충분하지 못했으며 또 오랫동안 휴식을 취하고 어제 향연을 벌인데다 안전하다고 느끼는 데서 오는 일종의 게으름이 나를 지배하고 있었다. 다른 부랑자들이 성공해서 정당하게 고기를 받는 모습을 몇 번이나 목격했음에도 불구하고 매번 나는 그들의 행동에 참여하기에 너무 느렸다.

그래도 나는 절망에 빠지지 않고 나 자신을 믿었으며 내일은 나도 일진이 좋아서 경찰을 도와주고 고기 한 점을 상으로 받을 수 있을 것이라고 확신했다.

몸에 벌써 피로를 느끼기 시작했고 끊임없이 어디든 판매대 아래에 누워 있느라 멍이 들었기 때문에, 나는 고기를 얻을 기회가 있을 때나 혹은 볼일을 보기 위해 시장 구역 밖으로 나갈 때에만 활동성을 보이고 대체로 움직이지 않는 데 익숙해진 것이 분명한 대부분의 부랑자들과 같은 방식으로 하루를 보내지 않았다. 나는 겁먹지 않고 시장 안을 돌아다녔으며, 판매대를 둘러보지 않은 채 뭔가 범법 행위를 목격하려 애썼고 다른 부랑자들의 얼굴과 방식을 관찰했으며, 안전하게 할 수 있는 한은 푸주한과 경찰도 쳐다보았다.

그러나 이전에 사무소에서 받은 카드를 바꾸어 고기를 얻기 위해 시장에 정기적으로 오가던 때에 보던 것 외에는 아무 것도 발견하지 못했다. 그러나 몇몇 부랑자들의 특별히 인상적인 얼굴이 기억 속에서 떠올랐고 그것은 곧 내가 어떤 수수께끼를 푸는 데 도움을 주었는데, 사실 그런 수수께끼를 이제까지는 신경 쓰지 않았지만 그것은 나의 앞날을 위해서 의미가 없지 않은 사안들이었다.

거의 황혼이 지기 시작했고, 나는 그날 마지막으로 시장을 나와 서 우물에서 물을 마시고 용변을 보았으며 다가오는 밤을 대비했다.

그날 저녁 나는 기름등잔의 약한 불빛 아래 다음 날이면 다시 고기의 소유자가 될 것이라는 확신 속에 잠이 들었고 경찰의 무리가 카드를 검문하며 시장 안을 돌아다니는 동안 머릿속에서는 그런 의도를 실현할 계획이 무르익어 갔다.

아침에 나를 깨운 것은 오가는 사람들도 경찰의 검문도 아니었다. 내 정신은 동틀 무렵처럼 맑았다 ― 나를 깨운 것은 꿰뚫는 듯한 굶주림이었고, 나는 즉시 시장 바깥의 우물에서 그것을 잠재우려 애썼다. 마치 내 소유인 것처럼 오가는 데 이미 익숙해져버린 우물이다. 나는 제대로 배를 채우고 시장으로 돌아온 후에 삼급실이 고기를 사려는 사람들로 가득 차서 아무런 위험 없이 계획을 실현하는 것이 가능해지는 순간만을 기다렸다.

그렇게 기다리는 시간은 이루 말할 수 없이 긴 것 같았지만, 적절한 순간이 드디어 찾아왔다. 매일 그렇듯이 고기를 구하러 온 사람들, 음식물로 바꿔 갈 생각으로 말없이 카드를 지키는 사람들로 시장이 또 다시 터져나갈 듯 북적거렸다. 나는 사람들의 행동을 꼼꼼하게 관찰했고 어떤 여자가 나의 주의를 끌었다. 여자는 이 판매대에서 저 판매대로 소심하게 옮겨 다니고 있었는데 분명히 자기 카드로 너무 냄새 고약한 고기를 얻게 되는 것은 아닐까 겁내는 것 같았다. 그 긴장으로 가득한 얼굴을 보자 여자가 유일하게 카드 한 장을 가지고 있으며 다시 사무소에 가서 다음 카드를 받을 수 있을 때까지 그 카드를 간직하고 있을 것이라는 사실을 확신할 수 있었다. 그 즉시 나는 저 여자, 바로 저 여자가 내 희생자가 될 것이며 그 덕에 경찰은 내게 고기를 상으로 주게 될 것이라고 결정했다.

눈에 띄지 않게 나는 판매대에서 판매대로 여자를 따라다녔다. 그러면서 내 카드를 챙기는 것도 잊지 않았는데, 그 카드는 잘 숨겨 놓기는 했지만 그래도 카드를 숨길 만한 곳을 잘 아는 솜씨 좋은 인간 쓰레기의 전리품이 될 수도 있었기 때문이었다.

갑자기 여자가 어느 한 판매대 앞에서 멈추어 섰다. 의심의 여지없이 푸주한에게 카드를 건네주어 그가 자기 마음대로 고기를 골라줄 수 있게 하려는 생각인 것 같았다.

그것이 내가 바라던 순간이었다.

나는 오래 궁리하지 않았다. 여자가 주머니에서 카드를 움켜쥔 주먹을 꺼내려고 하는 바로 그 순간 덤벼들어 한 손으로는 여자의 후두(喉頭)를 세게 움켜쥐고 다른 손으로는 여자가 겁에 질려 놓쳐 버린 카드를 잡아챘다.

그것은 나로서는 보기 드물게 대담한 행동이었다. 여자에게 카드가 한 장밖에 없을 것이라고 확신했지만, 알고 보니 그런 추측이 틀렸고 여자가 옷 어딘가에 또 한 장을 숨겨두었더라면 나는 경찰의 희생물이 되었을 것이다. 왜냐하면 시장에서 카드를 소유한 사람에게 이유 없이 덤벼들었기 때문이다. 분명 믿을 수 없는 소리로 들리겠지만 나는 다름 아닌 시장에서 백주 대낮에 불법 도살을 행하려 시도했다는 의심을 받았을 것이다. 그런 경우 나 자신이 경찰의 희생물이 되었을 것이고 내 고기가 곧 일급실 판매대 위에 나타났을 것이라 짐작할 수 있었다.

그러나 나의 예감은 틀리지 않았다. 내가 여자를 꽉 붙잡고 있는 현장에 경찰이 도착하여 검문했을 때 여자는 실제로 카드를 내보일 수 있는 상황이 아님이 확인되었는데, 왜냐하면 그 유일한 마지막 한 장이 이미 내 주머니에 들어 있었기 때문이다.

그 뒤로 모든 일은 보통 때처럼 흘러갔다. 여자는 그 자리에서 도살당했고 나는 경찰을 불러온 부랑자와 함께 마치 아무 일도 없었다는 듯이 경찰 뒤를 따라갔다.

또 다시 우리는 삼급실 끝에 있는 더러운 문을 지나 고기를 받았다. 그 고기는 정당하게 내 것이었으며 나는 어느 판매대 아래 편리한 장소를 찾자마자 곧 그것으로 허기진 배를 채웠다.

얼마나 아름다운 날인가! 하루가 시작되자마자 이런 성공을 거두다니! 삶은 고기뿐 아니라 게다가 카드 한 장까지! 나는 부랑자였지만 거의 보물 속에 파묻혀 있었다!

먹성 좋게, 만족하며 나는 고기를 다 먹었다. 새로이 얻은 카드는 한 번도 벗은 적이 없는 다 해진 신발 속에 숨겼다. 이전에 구한 카드를 도둑맞는 일이 생긴다 해도 이제는 아무 것도 걱정할 필요가 없다, 왜냐하면 즉시 다른 카드를 보여줄 수 있으니까!

시장!

얼마나 달콤하게 그 단어를 되풀이했는지. 시장! 풍요와 안정의 나라!

나는 배부른 우월감을 느끼며 그 뒤로 삼급실을 거닐면서 남은 하루를 보냈다. 그러다 한 번은 이급실에 들르기까지 했는데, 그곳에서 죽은 사람에게 얻은 신선한 고기와 일급실에서 물려 내려온 고기를 구경하며 실컷 즐겼다. 나는 또 성공의 열매를 만끽하며 몇 번이나 경찰에게 카드를 가지고 있다는 것을 보여주었는데, 그렇게 하면서 그들에게 유대감과 일체감을 느꼈다.

저녁에는 만족하여 다음날도 잘 될 것이라는 믿음을 가지고 자리에 누웠다. 믿을 수 없겠지만 그 다음날에도 아직 정오가 되기도 전에 또 다시 상으로 고기를 받았는데, 그것은 전혀 아무 것도 바라지 않았는데도 나의 희생자가 곧바로 손에 쥐어준 우연이었다.

내 몸은 이미 끊임없이 누워 있는 데 익숙해졌다. 너무나 길이 들어버려서, 나머지 인간쓰레기들과 마찬가지로 꼭 필요할 때에만 잠깐씩 시장 밖으로 나갔다. 그런 뒤에는 걸어 다닐 마음이 전혀 들지 않았다.

나는 판매대 아래의 편안한 구석에서 쾌적하게 시간을 보내며 잠을 자지 않더라도 거의 움직이지 않고 누워서 아마도 거의 가려운 곳을 긁을 때에만 움직였는데, 그런 가려운 곳에는 자연적인 벌레들이 몸에 꾀어 귀찮게 굴곤 했다. 그 행동은 다른 모든 사람과 마찬가지로 나에게도 명백한 것이었으며 그러므로 분명히 나의 평온을 깰만한 어떤 의미를 부여할 수는 없었을 것이다.

나는 부랑자다운 자세로 조용히 휴식을 취하고 주변을 관찰했는데 그 목적은 단 한 가지, 어떤 범법 행위라도 눈에 띄는 경우에 즉시 일어서서 모든 나머지 인간쓰레기들보다 빨리 이 기회를 이용하여 고기를 얻기 위해서였다. 그러나 지나치게 성공을 쫓아다니지는 않았는데, 그날 나는 너무 편했고 자신에게 만족해 있어서 내 희생자가 스스로 나를 찾아내는 상황이 벌어졌던 것이다.

그렇게 판매대 아래에 편하게 누워 있을 때 갑자기 거의 내 바로 위로 다가온 어떤 남자를 보았는데, 그는 무척이나 건강하지 못해 보였고 자기도 모르게 비틀거렸으며 눈꺼풀을 병적으로 떨고 손으로 배를 움켜잡고는 힘겹게 숨을 몰아쉬었다. 손을 배에 댔기 때문에 그 때까지 잘 지키고 있었던 것이 분명한 카드가 드러났다. 그러나 그를 휩싼 고통이 카드를 잃어버리는 것에 대한 두려움보다 큰 것이 확실했다. 내가 그 상황을 이용해야겠다고 이미 거의 마음을 굳히고 재빨리 몸을 일으키려 했을 때 병든 남자는 카드를 노출했다는 위험을 깨닫고 도로 손바닥으로 주머니를 덮었다. 그 때문에 남자는 내게 있어 중요성을 잃었고 그에게 계속 신경 쓰지 않을 작정이었는데, 그때 남자의 입에서 흘러나오는 신음 소리를 들었고 그 뒤에 남자가 무시무시하게 경련하며 움직이려고 애쓰는 것을 보았다.

나는 갑자기 악취를 맡았는데, 매우 특징적인 것으로서 여기 시장에서는 맡을 수 없어야 하는 종류의 냄새였다. 남자는 몸부림치고 고개를 주억거렸고 여기서 나는 그의 낡아빠진 바짓단으로부터 의심할 바 없이 아까 맡았던 악취의 원인인 물질이 흘러내리기 시작하는 것을 보았다.

나는 한 순간도 망설이지 않았다. 번개같이 벌떡 일어나서 팔꿈치로 군중을 헤치며, 경찰을 부르기 전에 남자가 사라질지도 모른다는 두려움 속에 시장을 가로질러 달렸다. 조금 뒤에 기쁘게도 경찰을 마주쳤다 — 바로 가까이에서 검문을 하는 중이었다. 재빨리 그들의 주의를 끈 뒤에 나를 따라오라는 뜻으로 손을 흔들고는 시장에서의 용변 해결 금지령을 그토록 노골적으로 어긴 남자를 향해 도로 뛰어갔다. 경찰도 나만큼 재빨랐고, 어쩌면 더 빠른 것 같았다. 현장에 우리는 함께 도착했다.

남자는 이미 자신이 어떤 위험에 처했는지 깨닫고 우리가 다가오는 것을 보고는 도망칠 준비를 했다. 그러나 질병이 그보다 강했다. 남자는 자리에서 움직일 기운조차 없었다.

시간이 그다지 오래 지나지 않았는데도 나는 시장 가장자리의 조그만 문을 또 다시 나가서 또 다시 고기의 소유자가 되어 있었다.

나는 얼마나 성공적인 부랑자인가!

거의 매일 고기를 얻고 있다!

부랑자들이 음식물을 얻는 방법을 납득하기 위해 이전에 혼자서 했던 상상을 떠올리며 나 자신을 비웃었다. 그런 상상은 얼마나 한심했던가! 구걸과 푸주한들의 선의라니! 그보다 더 재미있는 발상이 한 번이라도 머리에 떠오른 적이 있었던가 — 고기를 얻으려면 모든 부랑자는 정직하게 경찰과의 협동 작업에 임해야만 했다. 유용할 뿐 아니라 대단히 흥미롭기까지 한 협동 작업이다.

나는 나머지 인간쓰레기들도 나만큼 자주 음식을 얻는지 관찰했다. 때때로 그들 중 누군가 고기를 얻을 만한 일을 하는 것을 눈치 챘지만 대부분의 인간쓰레기들이 사실상 아주 적게 먹는다는 사실이 완전히 분명해졌다. 그렇다면 그 나머지는 무엇으로 살아가는 걸까, 하고 나는 혼자 속으로 물어보았다.

그리고 나는 그 다음 며칠 동안 그들을 관찰했고 그 결과는 내게 많은 것을 말해 주었다. 시장에서 생계를 해결하지 못한다는 사실을 깨달은 인간쓰레기들이 떠난다는 것은 완전히 명백했다. 말라비틀어지고 의심할 바 없이 굶주리고 있는 것이 분명한 많은 부랑자들이 확실히 시장으로 돌아오지 않았다.

도시의 거리에서 그들을 기다리는 것은 무엇일까 — 죽음 아니면 도살뿐이다. 여기 시장에서조차 자기 음식물을 해결할 능력이 되지 않는다면 말이다.

절망에 빠진 다른 사람들은 판매대에서 곧장 고기를 훔치는 쪽으로 결정을 내렸다. 나는 몇 번이나 그런 범죄 때문에 도살당하는 장면을 목격했다. 이전에도 시장에서 고기 도둑을 처벌하는 도살을 보곤 했지만 그것이 부랑자인 줄은 알지 못했다.

그런 범죄를 저질러 도살당하는 것을 피하고자 하는 사람들은 시장에서 지낼 권리를 주었던 카드를 주고 고기를 바꾸었다. 그러나 다음날이 되면 이미 전날에 발급된, 카드를 주고 고기를 바꾸었다는 확인증은 유효하지 않았다. 그 때문에 그들은 시장을 떠나야만 했다 — 배불리 먹었으니 어쩌면 바깥에서도 힘으로 카드나 고기를 얻을 수 있을지도 모르지만, 근본적으로 미래의 전망은 밝지 않았다.

마지막으로 내가 말하는 이런 해결책 중 어느 쪽도 택하지 않는 부랑자들, 푸주한들이 자기 판매대 아래에서 발견하여 이급실 판매대에 공급할 때까지 부랑자로서의 본분에 충실하게 남아 있는 인간 쓰레기들도 있었다. 그런 부랑자들은 여성인 경우가 가장 많았고, 여자들 중에서 시장에 남아 부랑자가 되기로 마음먹는 사람은 일부에 지나지 않았지만 그런 여자 부랑자의 대부분이 이런 식으로 생을 마쳤다.

이렇게 해서 부랑자 중에 여자는 아주 적다는 사실을 다시 한 번 확인한다. 그 이유를 나로서는 완전히 이해할 수 없었고 여자들이 약하기 때문일 것이라고 생각했다.

그러나 약하다고 해서 왜 단 한 군데 접근 가능한 곳, 즉 시장의 지붕 아래에서 피난처를 찾으려 하지 않는 것인가.

나는 시장에서 여러 날이나 보내고 나서야 설명을 시도할 수 있게 되었는데, 게다가 그것은 완전히 이해할 수 있고 명백한 설명이었다.

여자들도 남자들만큼이나 자주 거리 습격을 감행했고, 그들도 또한 굶주림 때문에 어쩔 수 없이 카드나 고기를 도둑질하거나 혹은 직접 불법 도살을 통해 고기를 얻을 수밖에 없었다. 분명히 그런 여자들은 자기 자신을 위해서뿐만 아니라, 카드를 많이 가지고 있어서 여자들을 고용할 수 있는 사람들을 위해서도 불법 도살을 할 것이다. 도시의 거리는 완벽한 균형이 지배했다. 남자와 여자는 똑같은 숫자로 범법 행위를 저질렀다.

그러나 경찰이나 혹은 푸주한 아니면 카드를 내주는 사무소 직원들 중에서, 또한 여러 종류의 조수들 — 푸주한 조수, 땔감을 내주는 창고지기와 그들의 조수 — 중에서 여자를 본 적은 단 한 번도 없었다.

그러므로 여자들이 뭐가 됐든 중요한 공적 기능을 수행하는 일은 금지되어 있는 것이 분명하다! 또한 그러므로 시장에서 질서를 유지하고 우발적인 범죄자를 가려내는 어려운 과업을 위해 경찰을 도와주는 것도 금지된 것이다.

이런 진리를 나는 아주 쉽게 이해했고, 자기도 인간쓰레기 중 하나가 되기로 마음먹었던 어떤 여자의 행동이 이런 사실을 이해하는 데 도움이 되었다. 그 일은 내가 이미 시장을 집처럼 여기게 되었을 때 어느 오후에 일어났다.

여자는 분명 절망에 빠지고 법률에 대해 모르는 채로, 부랑자처럼 행동할 생각으로 시장에 왔다.

분명히 여자는 몇 번이나 부랑자들이 경찰을 부르는 모습을 목격했을 것이다. 어쩌면 부랑자들이 경찰을 따라 시장 끄트머리의 더러운 문으로 들어가서 고기를 상으로 받을 때도 우연히 그곳에 있었을지도 모른다. 그러므로 사무소에서 카드를 받을 권리를 잃게 되는 상황에 처하자 분명 경찰과 협동 작업을 하면 시장에서 음식물을 얻게 될 것이라고 짐작했던 것이다.

얼마나 잘못 안 것인지!

여자를 보았을 때 나는 마침 멀지 않은 곳에 있었다. 여자는 다른 여자에게 덤벼들어 세게 움켜잡고 부랑자 중 하나가, 그 사람은 바로 나였다, 서둘러 경찰을 향해 가는 모습을 만족스럽게 바라보았다.

당시에 나는 그 뒤가 어떻게 될 것인지 알지 못했다. 정당하게 고기를 얻기만을 갈망했으므로 나는 즉각 경찰을 데리고 왔다. 그리고 만약 사정이 어떻게 흘러갈지 알고 있었다고 해도 똑같이 행동했을 것이다.

내가 보기에 여자 부랑자는 어떤 이유로든 카드를 갖고 있지 않은 사람을 붙들었고, 그런 방식으로 고기를 정당하게 얻으려는 것 같았다. 그 때는 심지어 여자에게 약간 놀라기조차 했는데, 이런 입장에 있는 여자를 본 것은 처음이었기 때문이다.

경찰은 멀지 않은 곳에 있었고 나는 금방 그들을 데려왔다. 처음에 경찰은 언제나 하듯이 행동했다 — 붙잡힌 여자를 검문하고 실제로 카드를 갖고 있지 않다는 사실을 확인한 후 도살했다. 그러나 그런 뒤에 희생자를 붙잡았던 여자에게 주의를 돌렸다. 그 여자는 즉시 카드를 보여줄 준비가 되어 있었지만, 여자에게 닥친 것은 검문이 아니었다. 경찰은 여자의 카드에는 전혀 관심을 보이지 않았고 여자를 밀친 후에 불쌍한 여자 부랑자가 어떻게 된 일인지 깨닫기도 전에 마찬가지로 도살했다.

이런 식으로 나는 많은 것을 깨달았고 어째서 시장에서 부랑자 신분으로 지내는 여자들이 그토록 적은 숫자인지 알게 되었다. 시장이라는 공간 안에서 경찰과 협력 작업을 할 수 없는 사람은 누구나 애초부터 사형 선고를 받은 것이다. 내게 본보기가 되어주었던 여자는 이 금지령을 알지 못했던 것이 분명하다. 다른 여자들은 이런 현실을 알고 있는지 어떻게 된 일인지 나도 모르겠다. 집단을 조직해서는 안 된다는 금지령을 어기지 않기 위해서 여자들은 비밀리에 — 거리나 집 안에서 — 어떤 일에는 권리가 없다는 사실을 서로 전달했을 것이라고 나 자신에게 설명하는 수밖에 없었다. 그런 여자들은 물론 법령을 어긴 셈이었고 — 다른 사람들과 이야기했으니까 — 그러므로 경찰은 바로 그 여자들을 모두 도살해야만 했을 것이다. 왜냐하면 부랑자가 되지 않았다는 그 사실 자체로 여자들은 협력 금지령을 알고 있다는 것을 반증하기 때문이다.

물론 경찰은 범법 행위가 밝혀진 직후에만 도살을 했고 그 덕분에 일급실의 판매대 위에 나타났을 지도 모를 많은 희생자들이 도살을 면할 수 있었다. 나는 또한 가끔씩 남자 부랑자가 도살당하는 광경을 목격하기도 했다.

어느 날 아침에 나는 의심스럽게 행동하는 한 남자를 보았고, 보자마자 저 사람은 카드 없이 누군가의 카드를 훔치거나 아니면 자기도 부랑자가 되기 위해서 시장에 온 사람이라는 결론을 내렸다. 나는 즉시 그 남자를 내 희생자로 만들어야겠다고 결정하고 붙잡아서 하루 먹을 고기를 얻으려 했는데 갑자기 내가 충분히 빠르게 움직이지 않았음을 깨달았다 — 다른 부랑자가 이미 그를 잡아서 남자가 몸을 뺄 수 없을 정도로 세게 붙들고 있었다.

그것은 불쾌하고도 놀라운 일이었지만, 아직 전부 잃기만 한 것은 아니었다. 그래도 어쨌든 나는 경찰을 불러오는 일은 할 수 있었다. 그래서 움직일 채비를 하고 있었는데, 이내 나는 그마저도 늦었음을 알았다 — 다른 부랑자가 그 과업을 이미 가로채서 효율적으로 경찰에게 가는 길을 달려가고 있었다.

그러므로 이 희생자는 나에게 이용 가치가 없었다! 더 주의를 기울여서 다른 누군가를 가려내지 않으면 안 된다! 그래도 나는 현장에 남아 있었다 — 붙잡힌 남자에게 정말로 카드가 없었던 건지 확인하고 싶었다. 그렇지 않을 경우 내 고기를 코앞에서 낚아챈 두 부랑자가 도살을 당할 것이고, 그런 도살이라면 기꺼이 곁눈으로 훔쳐보아줄 것이다.

경찰이 서둘러 다가왔고 붙잡힌 남자에게 실제로 카드가 없다는 사실이 금방 드러났다. 그는 즉시 도살당했지만, 상황의 반전에 나뿐만 아니라 두 부랑자조차 놀라고 말았다.

경찰은 부랑자들이 말없이 따라오도록, 정당한 보상을 받도록 내버려두지 않았다.

반대로 한 경찰관이 손을 휘젓자 나머지 경찰이 부랑자들에게 창을 겨누었다. 그렇다, 경찰이 자기 협력자를 도살한 것이다!

내가 눈 한 번 깜빡할 만큼만 더 빨랐더라면, 카드 없는 남자를 내가 붙잡았거나 아니면 경찰을 내가 데려왔다면 얼마나 무시무시하게 부당한 도살이 나를 기다리고 있었을지 깨닫고 나는 겁에 질려 몸을 떨었다.

그날은 음울한 날이었다. 내게 닥칠 수도 있었을 사건 때문에 공포에 질렸기 때문만이 아니라, 누군가를 붙잡아 고기를 얻으려는 최소한의 시도조차도 할 용기를 낼 수 없었기 때문이었다. 왜냐하면 일급실에 도살된 고기가 충분히 공급되고 있지 않다는 사실과, 경찰이 다른 경우라면 아주 유용했을 부랑자들을 도살할 수밖에 없다는 사실이 분명해졌기 때문이었다.

그리고 다른 상황에서는 고기를 상으로 받았을 행동이 이제는 도살로 처벌되었다 — 사람을 붙잡는 것은 불법 도살을 하려는 시도로, 경찰을 부르는 것은 금지된 접촉을 하려는 시도로 간주되었다!

그날 나는 잠을 제대로 자지 못했다. 내일은 무슨 일이 벌어질 것인가!

아침이 되자마자 나는 이급실로 갔다. 그곳의 고기 공급 상황을 확인하고 그것을 바탕으로 일급실의 상황도 추정하기 위해서였다. 내가 본 광경은 사실 만족스러웠지만, 인간쓰레기들이 범법 행위를 눈여겨보았다는 이유로 죽임을 당하지 않고 고기를 상으로 받는 모습을 직접 목격하기 전에는 누군가 붙잡으려는 시도나 경찰과의 협력 작업은 하지 않기로 결정했다.

이미 언급한 대로 나는 시장 안에서 보았던 여러 부랑자들의 얼굴을 기억하고 있었고, 시장 안의 암묵적인 규칙이라고 할 만한 행동 방식도 염두에 두고 있었다. 빨간 제복을 입은 남자들이 내게 보내는 시선은 전혀 적대적이지 않았다 ― 나는 그저 조금 눈에 띄는 인간쓰레기로 취급받았다.

그러다가 더욱 커다란, 거의 제정신이 아닌 성공을 거둘 수 있다는 희망이 번쩍 솟아올랐다!

사실 나는 경찰이나 푸주한이 상시적으로 필요한 인원을 어떻게 보충하는지 궁리하면서 머리를 써 본 적은 한 번도 없었다. 어쨌든 그들도 뭔가 범법 행위를 저지르면 때로는 도살을 당할 것이고, 때로는 저절로 돼지기도 할 것이다! 어쨌든 이 질문에 대답을 찾을 수 있다면 최소한 흥미롭기는 할 것 아닌가!

그리고 나는 곧 답을 얻게 되었다, 전혀 애쓰지 않았는데도!

어느 날, 나는 이미 몇 번이나 그랬듯이 검문을 당해서 열성적으로 카드를 보여주면서 그 카드를 쳐다보는 경찰의 얼굴을 바라보았다.

잘못 알았을 리가 없다!

바로 며칠 전까지도 나는 이 사람을 인간쓰레기들 사이에서 보았었다!

나는 열에 들뜬 것처럼 기억 속을 뒤지기 시작했다. 정말로 그 남자일까 — 아무리 생각해 보아도 그랬다.

얼마 전에 나는 이 남자가 모두 다 입고 다니는 흔한 누더기를 입은 것을 보았는데, 이제 그는 내 앞에 빨간 제복을 입은 경찰이 되어 서 있는 것이다!

그러니까 경찰은 여기서 인원을 보충하는 것이다! 특별히 재능 있는 인간쓰레기들 사이에서! 그렇다면 나도 혹시 재능 있는 부랑자가 아닐까!

그 점에는 자신이 있었다!

내가 빨간 제복의 소유자가 되리라는 것은 단지 시간 문제였다!

이러한 발견을 하고 나서 며칠 뒤에 일어난 또 하나의 사건이 내 생각을 뒷받침해 주었다.

어떤 부랑자가 웬 남자를 붙잡았고 내가 남들보다 빨리 경찰을 불러왔다. 붙잡힌 남자는 도살당했고 나는 부랑자와 함께 상을 받으러 경찰을 따라갔다.

우리는 시장 끄트머리의 더러운 문으로 들어갔고, 조금 뒤에 경찰 하나가 나타나서 내게 고기를 주고는 다른 부랑자에게 자기를 따라오라고 신호하고 내게는 몸짓으로 가라고 명령했다.

나를 데려가지 않았다는 사실에 마음이 상했지만 나는 그 명령에 따랐다.

시장에서 부랑자의 역할을 충분히 오래 수행한 그 남자는 경찰로 채용되어 빨간 제복을 입고 다니게 되었다고 알려 주었으리라고 나는 확신했다. 그 뒤로 매일같이 경찰들 사이에서 그의 얼굴을 찾아 보았다. 그러나 다시는 그를 보지 못했다. 그러나 그렇다고 해서 내 상상이 산산이 깨어진 것은 아니었고, 하, 그 반대로 남자가 어딘가의 경찰조에서 활동하며 도시의 거리에서 질서를 유지하고 있을 것이라고 나는 더욱 확신했다.

아랫배 부근에 잘 숨겨둔 내 고기 카드는 사실 끊임없이 검문을 받아서 벌써 상당히 닳아버렸지만 그래도 자기 역할은 수행했다. 카드가 완전히 해져 버릴까 두려워서 고기로 바꾸어야 하는 순간이 오기 전에 나도 빨간 제복을 입게 될 것이라고 확신했다.

게다가 그렇게나 자주 내보였던 그 카드를 어떤 식으로든 잃게 된다 해도 아무 것도 두려워할 것이 없었다. 어쨌든 내게는 카드가 한 장 더 있었고, 그것은 결코 한 번도 벗은 적이 없는 신발 속에 완벽하게 숨겨 두었으며 다른 사람이 내가 모르는 사이에 신발을 벗기는 것은 거의 불가능했다.

아무도 붙잡지 못해서 배고픈 날이면 나는 카드 하나를 고기로 바꿀까 몇 번이나 궁리했다. 그러나 나는 배불리 먹을 열망에 굴복하지 않았다. 결단코 나를 실망시키지 않을 두 장의 카드가 주는 든든함을 잃기보다는 배가 텅 빈 채로 며칠을 보내는 쪽을 택했다.

내가 얼마나 잘못 알았던가!

나는 얼마나 비참한 상태로 시장을 떠나야만 했던지! 게다가 떠날 수 있었다는 사실만으로도 기뻐해야만 했다!

운명이 내게 얼마나 불공정한가 말이다. 그것도 경찰의 일원으로 채용되는 행운이 바로 손닿는 거리에 다가왔다고 확신하고 있던 때에!

얼마나 커다란 불행이 나를 덮쳤던가. 그 불행의 원인이 된 사람을 얼마나 저주했던가!

그 일이 일어난 날에 나는 이미 아침부터 경찰에게 받은 고기로 배가 잔뜩 불렀다. 왜냐하면 경솔한 푸주한이 시장의 물품을 너무 기운차게 다루는 바람에 어느 판매대에서 고기 한 조각이 떨어졌고, 배가 고파서 그 고기를 훔치려던 남자를 어느 부랑자가 붙잡았을 때 내가 바로 그곳에 있었기 때문이다. 무슨 일이 일어났는지 보자마자 나는 즉시 일어서서 할 수 있는 한 빨리 경찰을 불러왔다.

그날 나는 그래서 배가 잔뜩 불렀다. 그리고 아침부터 그토록 화려하게 먹은 데다 오랫동안 자고 일어난 지 얼마 되지 않아 피곤했기 때문에 분명히 용기가 줄어들어 있었다. 기분은 완벽하게 좋았다. 나는 아무에게도 주의를 기울이지 않은 채 물을 마시고 용변을 보기 위해서 시장 출구 쪽으로 걸음을 옮겼다.

그것이 나의 실수였다 — 배 아래에 잘 숨긴 카드에 충분히 주의를 기울이지 않았던 것이다. 게다가 나는 한 가지 더 실수를 저질렀다. 어떤 부랑자의 다리에 걸려 넘어지면서 나는 무엇보다도 먼저 카드를 지키는 대신 시장 바닥에 깔린 돌에 부딪치는 충격을 완화하기 위해 팔로 막았던 것이다.

내가 넘어진 것이 우연이 아니었을 것이라는 의심도 든다.

분명 나는 부랑자로서 오랫동안 관찰당하면서 검문시에 어디에서 카드를 꺼내는지 알려져 있었던 것이다! 그 부랑자는 확실히 아는 상태에서 기회를 노렸을 것이고, 나는 그토록 경솔한 방식으로 그에게 카드를 넘겨주었다.

내가 땅에 거의 부딪치게 되어 버틸 곳을 찾고 있을 때 부랑자는 오래 연습해서 숙달된 빠른 동작으로 내 바지에 손가락을 집어넣었고 — 이것을 그는 거의 알아채지 못하게 해냈다 — 부랑자가 손으로 집요하게 훑어서 전리품을 가졌다고 생각한 순간에야 나는 카드를 지킬 생각을 떠올렸다.

그러나 그는 갑작스럽게 손을 도로 꺼내더니 주위를 살피지도 않고 무작정 나를 세게 움켜쥐었다.

이런 부당한 취급에 나는 눈앞이 캄캄해졌다!

나를, 가장 재능 있는 부랑자들 중 하나인 나를 이런 식으로 습격하다니! 몇 번 몸부림을 치면서 나는 어느 순간 다른 인간쓰레기가 벌떡 일어나서 경찰을 찾으러 가는 것을 보았다! 그러나 곧 안심했다! 어쨌든 나를 습격한 그 부랑자는 경찰의 창끝에 곧바로 몸을 던진 거나 다름이 없었다!

경찰이 다가오면 나는 신발 속에 감추어둔 카드를 보여줄 수 있을 것이고, 물론 보여줄 것이다! 그런 뒤에는 내가 도살당하는 것이 아니라 반대로 — 어쩌면 상을 받을 수도 있다. 도살을 당하는 것은 나를 붙잡은 부랑자와 경찰을 불러온 그 놈이다.

그것을 깨닫자마자 나는 즉시 근육의 힘을 풀고 만족감을 느끼면서 잠시 동안 경찰의 무리를 기다렸다. 내 적들의 생각에 따르면 경찰은 나를 도살하려 하겠지!

보통 때처럼 경찰은 거의 즉각 현장에 도착했다.

부랑자는 곧바로 나를 놓아주었고 물러서서 무관심한 자세를 취했으나 일이 어떻게 돌아가는지 주의 깊게 관찰하고 있었다.

부랑자가 손을 놓은 순간 나는 경찰이 치켜든 창끝을 쳐다보면서 몸을 숙여 신발을 벗었다. 의기양양한 표정으로 축축해진 카드를 꺼냈다. 나를 붙잡았던, 그리고 이제는 내 행동을 보면서 완연하게 불안한 표정이 된 인간쓰레기를 곁눈으로 힐끗 보고 나는 과거에 몇 번이나 그랬듯이 검문을 받기 위해 파멸로부터 구원해줄 카드를 경찰에게 내주었다.

죽음으로부터 구원해줄 카드를 경찰에게 내주었으나 나는 갑자기 숨이 막혔다. 신발에 숨겼던 것은 가장 작은 흠집도 하나 없는 아름다운 카드가 아니었던가!

경찰에게 보여준 저것은 무엇인가!

공포가 나를 휩쌌다.

발에서 스며 나온 땀이 카드를 적셨고 걸어 다니는 동안 마찰 때문에 카드는 완전히 닳아버린 것이다.

카드랍시고 경찰에게 건네준 것은 전혀 가치가 없는 누더기였다!

나는 파멸했다!

사람들이 자기 목숨을 구하기 위해 먼저 카드를 내보일 때까지 기다리는 데 익숙해진 경찰은 내가 신발을 벗고 한때는 카드였던 것을 앞에 내밀자 놀랐다. 그들은 카드를 들여다보았다. 즉시 창으로 나를 도살해야 할지 결정을 하지 못하고 둘러서 있는 모습을 보니 내가 적절히 빠르게 움직이면 빠져나갈 수도 있을 것 같았다.

나는 한 순간도 망설이지 않았다. 눈앞에 도살이 기다리고 있었다. 그러나 그것을 피할 수 있을지도 모른다는 희망이 마음에 번득였다. 물론 경찰에게 저항하는 것은 금지되어 있었다. 그것은 가장 중대한 범죄 행위였지만, 나에게는 다른 선택의 여지가 없었다.

나도 머지않아 입을 수 있을 것이라 생각했던 빨간 제복이 갑자기 나에게 가장 위험한 것이 되었다!

나는 경찰 사이로 파고들어갔다. 빨간 제복을 입은 남자들은 놀라서 얼어붙었다. 과거에 이와 같은 일은 아마 일어난 적이 없었을 것이다. 나는 경악하여 할 말을 잊은 그들의 얼굴을 기꺼이 구경하고 싶었지만 그러기에는 시간이 별로 많지 않았다. 도망치려면 서두르는 것이 가장 중요했다.

나는 둥그렇게 둘러선 경찰 사이를 뚫었다. 나는 내 위치를 잘 알고 있었다. 이 무시무시한 모험이 나를 덮치기 전에 나는 시장 출구에서 멀지 않은 곳에 있었다. 강압을 받지 않고 내 의지로 시장에서 나가는 편이 더 좋았겠지만 주변 상황 때문에 빨리 해결책을 찾아 목숨을 구해야만 했다.

나를 쫓아오는 무거운 발소리가 들렸다. 그러니까 경찰은 어안이 벙벙한 상태에서 즉시 벗어난 것이다! 게다가 공포에 질려 시장에서 도망치려 하는 동안 나는 또 몇 명의 경찰과 더 마주치게 될 것

인가! 나를 붙잡기 위해 이제 벌떡 일어선 부랑자들의 모습도 기억
난다.

나는 신발을 한 짝만 신고 주먹을 사방에 대고 휘두르면서, 너무
나 가까이 다가온 무시무시한 위험을 의식하면서 미친 사람처럼 출
구를 향해 달렸다. 부랑자 하나가 앞을 막아서서 나를 거의 붙잡을
뻔 했지만 나는 그를 강하게 한 대 때려서 쓰러뜨렸다. 당시에 느꼈
던 공포와 두려움이 내게 믿을 수 없는 힘을 주었다!

출구가 눈에 띄어 나는 그 쪽으로 방향을 돌렸다! '목숨을 구해야
한다!' 라고 내 안의 모든 것이 고함쳤다. 나는 출구의 철문 쪽으로
대담하게 달려 나갔다. 그곳에는 언제나 경찰이 있었지만, 나는 믿
을 수 없는 속도로 그들을 지나쳐서 시장을 벗어나 바깥으로 나왔
다. 그러나 한 순간도 멈추어 서지 않았다. 나를 쫓아 경찰이 뛰어
오는 소리가 들렸고, 그들은 나 자신이 뛰는 속도보다 아주 약간 느
리게 뛰어오고 있었다.

숨이 끊어질 것만 같았고 관자놀이에서 거칠게 뛰는 맥박이 느껴
졌다. 그래도 최근에 잘 먹고 잘 쉬었으며 나는 그 사실을 알고 있
었다. 몸에 기운이 남아 있으므로 위험을 피할 수 있을 것이라는 희
망이 있었다.

그러나 나는 경찰에게 붙잡힐 듯 쫓겨 가며 거리를 뛰어가다가 빨간 제복을 입은 남자들의 무리와 또 마주쳤는데, 그들은 내가 쫓기고 있다는 것과 범법 행위를 저질렀다는 사실을 즉시 알아챘다. 그들의 창이 몸을 찌르는 것을 거의 느낄 수 있을 것만 같았다. 나는 탈주의 속도를 더 높였다. 새로운 추적자들이 죽음을 불러오는 창날을 내 몸에 쑤셔 넣기 전에 내가 옆으로 너무나 빨리 피해서, 그들은 어리둥절하여 멍하니 쳐다보았다.

그러나 그 멍한 상태는 금방 지나갔다. 나는 어깨 너머로 잠깐 돌아보고 아까의 경찰 무리가 처음에 쫓아오던 똘마니들과 즉시 합류했다는 사실을 확인했으며 앞으로 또 다른 무리와 마주치는 것도 시간문제라는 사실을 알 수 있었다.

게다가 나는 기운이 빠지기 시작하는 것을 느꼈고 점점 더 큰 절망감이 나를 휩싸기 시작했다. 그러나 그 절망감은 어쨌든 도움이 되었는데, 절망에 빠져 더욱 더 빨리 달린 덕분에 경찰과의 거리가 상당히 멀어졌던 것이다.

돌아보고 나는 경찰이 한참 뒤에 처져 있는 것을 확인했다. 다음 번 경찰이 길을 막기 전에 이 순간을 이용해야 했다.

나는 나도 모르게 모퉁이를 돌아 어떤 모르는 골목길로 들어섰는

데, 그래도 그곳이 유리하다는 사실을 즉시 깨달았다. 골목은 짧았고, 경찰이 나타나기 전에 미리 골목을 가로지를 수 있다면 목숨을 구할 희망은 더 커질 것이었다.

나는 뛰었다. 아무도 나를 붙잡을 수는 없었을 것이다. 골목 끝에 도달했을 때 나는 뒤를 돌아보았다. 경찰은 아직 골목길에 나타나지 않았다 ― 죽음을 불러오는 추적은 내 탈주의 속도를 따라잡지 못했던 것이다.

이제 나는 한 순간도 더 망설이지 않았다.

나는 골목에서 뛰어나와 다시 한 번 모퉁이를 돌아서, 이보다 더 위험한 일은 상상하기 힘들겠지만, 앞에 보이는 집들 중 첫 번째의 문을 열고 들어갔다.

분명히 지나가는 행인들이 나를 보았겠지만 나는 그런 데 신경 쓰지 않았다. 아무도 내 쪽으로 경찰의 주의를 돌려 도살의 위험에 노출되는 위험을 무릅쓰지 않을 것이다. 아니, 누군가 나를 경찰에게 넘길지도 모른다는 상황은 실제로는 전혀 겁나지 않았다.

그러나 내가 숨어들어간 집의 거주자들은 내게 위협이 되었다. 그런 위협은 피하는 것이 좋겠지만, 보잘 것 없는 희망이라도 없는 것보다는 나았다.

그러나 행운은 나를 버리지 않았다! 내가 찾아낸 집은 비어 있었다 — 최소한 복도는 비어 있었다!

처음에는 그 사실을 이해할 수가 없었다. 어쨌든 도시 안의 모든 집은 유지할 수 있는 한계까지 가득 차 있었고, 입구부터 지붕까지 사람들로 득시글거렸던 것이다! 구름같이 모여서 누워 있거나 서 있는 사람들의 무리 속으로 뛰어들지 않았다는 사실이 나는 이상했다.

텅 비어 번쩍이는 집이라면 오로지 카드를 많이 가지고 있는 사람들의 집, 나 같은 사람에게 한밤의 불법 도살을 명령하는 사람들이 소유한 집들뿐이었다.

내 머릿속에 어떤 생각이 번득였다. 나는 지금 그런 부유한 사람의 집에 숨어든 것이 분명했고 그렇게 되었다는 사실은 내게 아주 커다란 의미가 있었다.

경찰이 집들을 돌면서 나를 찾기 위해 안을 수색할까봐 걱정하지 않아도 되었다. 내가 거주할 권리가 없는 집에 들어갈 용기는 없으리라고 그들은 확신할 것이었다. 물론 그들은 내게 그런 권리가 없다는 것도 확실히 알고 있을 것이다. 의심할 바 없이 경찰은 몇 개 조로 나누어질 것이고, 어쩌면 다른 경찰의 지원을 받았을지도 모르며, 지금은 계속 주변 골목에서 나를 뒤쫓기 위해 뛰어다닐 것이다.

그리고 만약 경찰이 내가 어느 집에 들어와 있을 것이라는 생각을 떠올린다 해도 거기에 지나치게 신경 쓰지는 않을 것이다. 집의 합법적인 거주자들이 내가 할당받지 못한 공간에서 당장 나가도록 강요할 것이고, 그리하여 내가 다시 거리로 나오면 쉽사리 체포되어 도살당할 것이기 때문이다.

그러므로 경찰은 내가 곧 거리에 나타나지 않으면 정신없이 도망쳐서 이 동네를 벗어났다고 생각하고 거대한 도시의 다른 구역에서 나를 찾을 것이다.

희망이 점점 커졌다. 거리에 나가더라도 경찰이 나를 쉽게 알아보지 못하도록 모든 방법을 동원해야 했다. 나는 신발이 한 짝밖에 없었다. 나는 그 한 짝을 벗었고 그렇게 해서 나라는 것을 드러낼 가장 중요한 신호를 없애버렸다. 맨발로 거리를 돌아다니는 사람은 신발 신은 사람만큼이나 많았지만, 신발을 한 짝만 신은 사람은 남의 눈길을 끌었다.

그런 뒤에 나는 오래 되고 낡아서 천이 비쳐 보이기 시작하는 외투를 반대쪽으로 뒤집었다. 얼굴은 바꿀 수 없었지만 어둠 속에서는 ─ 나는 해질녘까지 빈집에 몸을 숨기고 있을 예정이었다 ─ 내 얼굴의 윤곽은 도시의 거리를 걸어 다니는 다른 사람들의 허연 반점처럼 보이는 얼굴과 그다지 달라 보이지 않을 것이다.

해가 지기를 기다리면서 나는 지하실 문으로 내려가서 지친 채로 숨을 헐떡이며 주저앉았다. 지나간 사건들을 이리저리 떠올리며 앞으로 행동계획을 짜려고 애썼다.

한 가지는 분명했다. 이제 시장에는 더 이상 들어갈 수 없었다. 그랬다가는 누군가 나를 알아볼 것이 틀림없었다. 그 뒤로 어떤 일이 일어날지는 쉽게 상상할 수 있었다. 이런 상황에서는 어떻게든 고기 카드를 손에 넣는다 해도 보통의 소비자처럼 시장에 갈 수조차 없었다. 그렇다, 앞으로 시장은 아주 조심스럽게 피해 다녀야 했다.

그러므로 내게 남은 선택지는 한 가지였다. 시장에서 사람들이 가지고 나오는 고기를 얻기 위해 습격을 하는 것이다. 아니면…….

아니면 스스로 불법 도살을 하는 것이다. 어쨌든 경험이 있으니 분명 어렵지 않을 것이다. 그러나 그러기 위해서는 도구가 있어야 했다. 도구가 있어야 도살한 고기를 부위별로 나누고 궁극적으로는 숨길 수도 있는 것이다.

어디에?

그 질문에 대한 답은 이미 알고 있었다.

모든 일이 이다지도 간단했던 것이다!

이 집이 내게 더 오랜 기간 피난처를 제공해줄 수 있는 것이다!

시장에 자리를 잡기 전에 도시의 거리를 헤매 다녔을 때, 죽을 정도로 지쳐 있었을 때 나는 내 문제에 대한 해답이 이토록 간단할 것이라고는 꿈도 꾸지 못했다!

그 때에도 이미 카드를 많이 가진 사람과 그의 하인들만 살고 있는 집들 중 하나에 들어가기만 하면 되었던 것이다! 어찌 됐든 그런 거주지에서 나 같은 종류의 사람은 완전히 안전했다! 출입 금지 명령을 어긴다 해도 처벌을 받지 않는데 그런 규칙을 왜 지킨단 말인가 — 우연 덕분에 나는 앞으로 며칠간은 완전히 안전한 은신처를 갖게 된 것이다!

내가 다시 한 번 잘못 알았다는 사실은 멀지 않은 미래에 깨닫게 되었다.

쫓기는 사람은 끊임없이 뒤를 밟히고 있는 것이다!

나는 이미 오랫동안 이 집에 머물렀지만 아직도 여전히 날이 저물지 않았다.

그리고 그때 나는 누군가 집안에서 요란하게 쨍그랑거리는 소리를 내면서 움직이는 것을 들었다. 지하실 근처 구석에서는 조용히 쉴 수 있으리라 생각했지만, 그것은 오산이었다.

나는 발각된 것이다!

갑자기 내 위에 남자 몇 명이 나타났다. 빨간 제복을 입고 있지는 않았지만 손에는 창을 들고 있었다.

나는 얼어붙었다.

남자들이 연장을 치켜들고 내려칠 준비를 할 때까지도 나는 순간적으로 어떻게 된 일인지 이해하지 못했다.

하인들이다!

어떻게 이런 위협에 대해 잊어버릴 수가 있었을까!

고기 카드의 강력한 소유자와 그의 하인들만 살고 있는 이런 집에서도 나는 길거리에서와 똑같은 위험에 처해 있었다.

나는 헛된 희망을 가졌던 것이다! 여기에 몸을 숨기는 것이 그렇게 쉬웠다면 분명 그런 기회는 벌써 다른 사람들이 모두 이용했을 것이다! 내 딴에는 생존을 가능하게 해줄 빈틈을 찾아냈다고 생각했는데 오히려 수렁에 뛰어든 것이다!

하인들은 단 한 가지 임무를 제외한다면 이 집에서 군이 필요하지 않았을 것이다. 그 임무란 하루에도 몇 번씩 집안 구석구석을 점검하고 침입자를 찾아내는 것이다. 찾아내서 불법 도살을 하는 것이다. 기꺼이 도살을 해줄 비렁뱅이를 고용하는 것뿐만 아니라, 하인을 시켜 침입자를 죽이는 방법으로도 쉽게 고기를 얻을 수 있을 것 아닌가!

이번에는 도망칠 기회가 보이지 않았다. 나는 몸을 움직일 수 없게 되었고 첫 번째 창이 내 몸을 꿰뚫는 순간을 기다렸다. 나는 이미 끊임없는 긴장에 지쳐 있어서, 갑자기 내 운명을 순순히 받아들였다.

하인들은 고용주의 마음에 드는 일을 할 기회가 생긴 것을 기뻐하며 잠시 동안 사납게 나를 들여다보았고 마침내 그 중 하나가 세게 창을 흔들었다. 나는 눈을 감고 곧 다가올 최후를 기다리며 몸을 떨었다.

날카로운 통증이 나를 꿰뚫었다. 창은 허벅다리에 꽂혔다. 내 입에서 공포에 찬 목소리가 터져 나왔고, 그 힘이 내게 자신을 방어할 의욕과 용기를 돌려주었다.

나는 눈을 뜨고 똑바로 일어섰다. 하인들은 어안이 벙벙해진 채 서 있었다. 내가 지른 고함에 겁을 먹은 것이 분명했다.

새로운 고통이 내게 생기를 주었다. 나는 망설이지 않았다.

나는 다리에서 창을 뽑아내어 내게 상처를 입힌 하인의 배에 맹렬하게 찔러 넣었다. 격한 분노가 나를 휩쌌다.

나는 즉시 창을 뽑아 아무 생각 없이 그 다음 강탈자를 쓰러뜨렸다. 나머지가 방어 태세를 취했다. 내가 그 다음 하인을 찔렀을 때 그들 사이에 충분한 간격이 벌어졌고, 나는 그 사이로 빠져나와 위층으로, 어디가 됐든 저 악몽 같은 장소에서 할 수 있는 한 멀리 달아났다.

나는 거리로 나서기만 하면 하인들에게 쫓기지 않으리라는 것을 알고 있었다. 그들은 불법 도살을 할 생각이라는 사실을 공공연하게 드러낼 수 없었다. 게다가 그들은 만족했을 것이다. 그들의 동료를 내가 효율적으로 찔렀다면 자기 집안에서 충분한 고기를 얻게 된 것이다.

나는 번개같이 출구 근처로 다가갔다. 하인들은 쫓아오지 않았다.

나는 조용히 문을 열고, 다리가 무척 아프고 피투성이가 되어 있기는 했지만, 태연하게 거리로 나왔다.

경찰이 근처에 있지 않기만을 바랄 뿐이었다. 다행히도 거리는 행인들로 가득할 뿐 빨간 제복은 없었다.

나는 계속 길을 갔다. 또 다시 이어서 적들을 마주치지 않기만을 꿈꾸었다. 다리가 잔혹하게 아파 와서 나는 어렵게 걸음을 옮겼다. 나를 쫓는 경찰을 마주쳤다면 피하지 못했을 것이다. 걸음을 빨리 걸을 수조차 없었다.

나는 피를 많이 흘렸다. 그것은 분명했다. 바지가 푹 젖었고 기운이 빠졌다.

어디로 가야 하나 — 어디에 몸을 숨겨야 할까 — 어떻게 몸을 돌보아야 하나…….

속이 울렁거렸다. 나는 위험을 무릅쓰고 거리에 앉아서 어느 집의 담벼락에 몸을 기대고 숨을 들이쉬었다. 눈앞이 침침해졌다.

정말로 끝이 다가온 것일까 — 허벅지의 이 상처 때문에 죽는 것일까 — 피가 다 빠져나가게 될까…….

그렇게 되지는 않았다. 누워서 다리를 쉬게 하자 잠시 후에 출혈이 약해졌고 그러다가 멈추었다. 내가 흘린, 이제는 굳어진 피를 손가락으로 문질러서 다리와 바지에서 닦아내야겠다는 생각이 떠올랐다. 손가락은 그런 후에 핥았는데, 그렇게 해서라도 조금이나마 기운을 차리기 위해서였다.

경찰이 몇 번이나 옆을 뛰어 지나가면서도 내게는 주의를 기울이지 않고 다른 범죄 행위만 뒤쫓았다는 사실은 아마 기적이었을 것이다. 거리를 헤매는 걸신들린 비렁뱅이들도 내게 달라붙지 않았다. 나는 그들이 달라붙을까봐 두려웠는데, 왜냐하면 나 자신을 지킬 만한 상태가 아닌데다 멀리서도 보이는 피가 내 고기에 대한 굶주림과 식욕을 일으킬 수 있기 때문이었다.

평온함이 나를 감싸고 의지를 약하게 했고, 그 때문에 끊임없이 긴장한 상태를 벗어나자 나는 미래의 운명에 대해 궁리하지 않을 수 없었다. 이미 날이 저물고 있었고 나는 어디든 집에 들어가서 아무 일도 하지 않고 잠자는 것을 가장 열망했다. 그러나 나는 그럴 수 없었다. 오늘 내가 겪어야 했던 이런 힘든 경험 뒤에 어떻게 또 그와 비슷한 일을 할 용기를 낼 수 있단 말인가.

어디든 사람이 꽉 찬 집에 들어가는 것은 불가능했고, 내가 도망쳐 나온 것과 비슷한 건물에서 피난처를 찾는 행동은 미친 짓일 것이다.

그러나…….

어째서 그걸 해 보지 않았을까! 나를 도와줄 사람, 심지어 나를 자기 고용인으로 받아줄 수도 있는 사람이 단 한 명 존재했다.

어쨌든 나는 한때 그를 위해서 불법 도살을 감행했고, 그는 내가 살던 벽돌집이 무너져서 거주할 권리를 잃었을 때 나에게 도시 변두리의 나무 집에서 살 권리와 그로 인해 또한 사무소에서 카드를 받을 권리를 얻어 주지 않았던가.

운명을 시험하여 또 다시 그에게 호의를 부탁해도 될까?

희망이 조금씩 커졌다. 그러나 나는 곧 우울해졌다. 만약 그 남자가 오래 전에 도살당했다면 어떻게 할 것인가 — 그냥 죽어버렸을 수도 있는 일이다. 그럴 경우 그의 집에 들어가는 것은 자살 행위다.

그러나 나는 해결책을 찾아냈다.

그의 아파트 건물 아래 몸을 숨기고 그를 보게 될 때까지 기다려 볼 수 있다. 만약 그가 거리로 나온다면, 그의 눈길을 끈 뒤에 함께 집으로 들어가면 된다.

나는 일어섰다. 상처에서 다시 피가 흐르기 시작했지만 전처럼 심하지는 않았고, 나는 쉬지 않고 출혈을 막았던 손가락에서 피를 핥아냈다. 고통 속에 도시를 힘겹게 걸어다니면서 경찰이 계속 끊임없이 나를 뒤쫓고 있으리라 확신했지만 이미 나는 그런 일에 관심이 없었다.

나는 별다른 해를 입지 않고 내가 신뢰하는 남자의 집 근처까지 도달하는 데 성공했지만, 목적지에 가까이 이르렀을 때는 극단적으로 지쳐 있었다.

그날 밤은 경찰과 다른 추적자들에 대한 두려움 속에 지냈다. 그러나 나는 몹시 지치기는 했어도 아침까지 버티며 기다렸다.

나는 남들의 주의를 끌지도 모르는데 눈에 띄게 한 자리에 계속 서 있을 용기는 없었다. 그러므로 하루 종일 거리를 걸어 다녔고, 그러면서 도움을 받을 희망을 걸고 있는 집에서 눈길을 떼지 않으려 애썼다.

갑자기 눈에 들어온 광경에 나는 심장이 거의 멈출 뻔했다. 내가 기다리던 사람이 집에서 걸어 나왔고 그 뒤로 하인 두 명이 따라왔는데, 그들은 무리를 짓는 것으로 보이지 않기 위해서 즉시 흩어졌다. 세 명 모두 고기 카드를 내주는 사무소 쪽으로 재빨리 걸음을 옮겼다.

그러니까 그 남자는 살아 있고 여전히 계속해서 권력을 갖고 있는 것이다! 그 남자가 그토록 오랫동안 수많은 함정을 피할 수 있었다는 점을 이상하게 여기면서도 나는 기분 좋게 놀랐다. 그를 위해 일했던 때로부터 얼마나 시간이 많이 흘렀나 말이다!

나는 아무 문제없이 기다렸다. 그는 저녁에 돌아왔고, 나는 용기를 내어 그가 나를 보고 자기 집으로 들어오도록 허락하는 신호를 보낼 만큼만 가까이 갔다.

실제로 그는 내 얼굴을 쳐다보았고, 그의 눈을 보니 남자가 기억을 더듬어 갑자기 뭔가 깨달았음을 알았다. 이제 모든 일이 결정될 것이다!

그리고 그는 정말로 내게 몸짓으로 들어오라고 권해 주었다!

나는 얼마나 맹목적으로 그를 믿었던가!

그러나 비렁뱅이는 그 어떤 희망이라도 붙잡게 마련이다.

그가 먼저 들어갔고, 그 뒤로 하인들이, 그리고 마지막으로 내가, 생명을 전부 그의 손에 맡긴 채 따라 들어갔다.

그러나 그는 내가 자신을 따라 위층으로 올라오도록 부르지는 않았다. 반대로 1층에서 멈추어 서더니 의심스러운 눈빛으로 나를 관찰했다.

나는 더듬거리면서 그에게 내가 누구인지 짧게 이야기하고 도움을 청했고, 한때 그를 위해서 일했다는 사실을 강조하는 것도 잊지 않았다.

그는 내 말에 대답하지 않고 오랫동안 나를 훑어보았다. 그의 얼굴에 공포의 빛이 떠오르는 것 같았다. 그리고 그는 갑자기 떨리는 손을 들어 하인들에게 나를 쫓아내라고 명령했다.

나는 다시 거리로 나왔다. 자신이 파멸했다고 생각했다. 다른 한편으로 나는 또 다른 적들의 손아귀에서 이토록 쉽게 벗어났다는 사실이 기쁘기도 했다 ─ 그의 하인들은 평온하고 안전하게 집안에서 나를 도살할 수도 있었던 것이다.

그 남자가 무슨 근거로 나를 이런 식으로 취급하는지 이해할 수 없었다. 어쨌든 내 말을 다 들어준 후에도 나를 도와주고 싶지 않았다면 그의 의무는 나를 붙잡고 경찰을 불러오는 것이었다. 그의 하인들은 분명, 시장의 인간쓰레기들이 하듯이, 집안에 들어온 범법자를 붙잡아 경찰을 부를 권리가 있을 것이다.

그러므로 만약 그 강력한 사람이 자신의 의무대로 행동하지도 않고 그렇다고 나를 도와주지도 않았다면 분명히 어떤 이유가 있어서 그랬을 것이다.

그 집을 나온 뒤로 도시를 헤매 다니면서 나는 그 원인이 무엇이었을지 궁리할 시간이 많이 있었다. 그리하여 나는 그 남자가 나에게 피난처를 제공해 주거나 다른 방법으로 도움의 손길을 내밀었을 때 그 뒤에 따라올 수 있는 결과를 두려워했던 것이 확실하다는 결론을 내렸다. 내가 비참한 지경에 빠져 다른 사람이 아닌 그를 찾아갔고, 그런 행동을 통하여 내가 그에게 해가 될 수 있는 무언가를 알고 있거나 그 자신이 과거에 나 같은 비렁뱅이 처지에 있는 인물과 접촉한 적이 있다는 사실을 드러냈음을 경찰이 확인하게 되면, 상황이 어떤 식으로 펼쳐질지 그 남자는 확실히 알았던 것이 분명하다. 그가 하인들을 불러 나를 밀어내기 전에 눈에 띄게 겁에 질려 적절한 해결책을 찾으려 애썼기 때문에 이런 설명은 더더욱 그럴 듯하게 보였다.

그런 경우에 가장 간단한 것은 집안에서 나를 도살해서 나와 접촉한 것으로 인해 그가 맞닥뜨리게 될 위협을 전부 피해가는 것이다. 그가 어째서 그렇게 하지 않았는지 나는 이해할 수 없었다. 그러나 남자가 과거의 기억에 대한 두려움이 너무나 절실해서 가장 자연스러운 해결책을 전혀 떠올리지 못했으리라 생각하며 안심했다.

그리고 나는 상황이 이렇게 전개된 것에 만족할 수는 없었지만 특별히 불평할 이유도 없었는데, 남자가 나를 도와주지도 않았지만 해를 끼치지도 않았기 때문이다.

허벅지의 상처가 쑤셨고 곧 열이 날 것 같았다. 또 벌써 배가 고팠고 우물에서 퍼 마신 물도 굶주림을 달래주지 못했다. 기운이 빠진 것은 음식을 먹지 못했기 때문만이 아니라 출혈 때문이기도 했다. 나는 얼마 못 가서 불법 도살의 희생물이 되거나 경찰이 마침내 나를 쫓아올 것이라는 사실을 이미 체념하고 받아들였다. 낙담하여 나는 도시의 거리를 걸어 다녔다. 급기야는 한때 고기 카드를 받으러 다녔던 사무소 앞에서 멈춰서기까지 했고 그 아름다운 날들에 대한 기억이 쓰디쓴 물결이 되어 나를 덮쳤다.

나는 아무도 아니었다.

카드를 들고 사무소에서 나오는 남자와 여자들을 관찰하면서 나는 용기를 내어 도둑질을 할 수도 있다는 생각조차 떠올리지 못했다. 그런 카드가 내게 무엇을 제공해줄 수 있단 말인가! 시장에 모습을 나타낸다는 것은 나로서는 그 즉시 끝장이라는 뜻이나 같았다!

마찬가지로 나는 부랑자로서 살아갈 권리도 잃은 것이다!

심장은 아직도 뛰고 피가 아직도 돌고 있었지만 나는 이미 고깃조각에 불과했고 내가 일급실의 판매대에 공급될지 아니면 이급실로 가게 될지, 아니면 불법 도살을 일삼는 범죄자들의 음식물 노릇을 하게 될지는 오로지 주변 상황에 달려 있었다!

지금 처한 상황에서는 그 어떤 방법으로도 고기를 얻을 수 없었고 다시는 고깃조각을 볼 수조차 없으리라고 나는 예측했다.

나는 그렇게 카드를 발급해주는 사무소 앞에 멍하니 서 있다가 갑자기 최소한 한 번만 더 카드를 소유하고 싶다는 갈망을 느꼈다. 무엇 때문에 그런 생각이 들었는지는 모르겠지만 나는 사무소에서 카드를 받을 권리를 가진 사람들, 거주권을 가진 사람들 사이에 서 있었다.

이전에 저지른 범법 행위도 모자라서 이젠 이것까지!

내가 지금 이런 생각을 한다는 걸 스스로도 믿을 수가 없었다! 받을 권리도 없는 카드를 받아오고 싶어 하다니! 설령 이전에 아무런 범법 행위를 저지르지 않았다고 해도 만약 발각된다면 나는 그 대가로 즉각적인 도살을 당하게 될 것이었다!

이렇게 뻔뻔스러운 행위를 하려고 결심한 이유는 내 몸에 퍼지기 시작한 신열 때문이었다고밖에 설명할 수 없다.

내 앞의 긴 줄은 느릿느릿 움직였지만, 나는 다음번 범죄행위를 저지를 순간이 피할 수 없이 다가온다는 것을 느낄 수 있었다. 그러나 그런 건 내게 아무래도 상관없었다. 어쨌든 다른 것도 아닌 가장 엄격한 금지령 중 하나를 내가 어겼다는 사실이 알려질 이유가 없었던 것이다. 사무소에서는 사실 카드를 받으러 온 사람이 그럴 권리가 있는지 없는지 신경 쓰지 않았다! 그럼에도 불구하고 나는 대담하게도 이런 중죄를 저지르는 사람은 사무소 전체에서 오로지 나밖에 없을 것이라고 확신했다. 법령의 힘과 도살에 대한 두려움 때문에 심지어 가장 깊은 가난의 수렁에 빠진 사람이라 해도 이런 짓은 하려 들지 않을 것이었다.

그리고 갑자기 그 순간이 찾아왔다. 나는 사무소 직원 앞에 서 있었다. 그는 나를 쳐다보지도 않고 카드 몇 장을 아무렇게나 집어서 내 손에 쥐어주었고 그러자 내 뒤에 선 사람들이 자신들의 정당한 권리를 행사하기 위해 앞으로 움직여 나를 밀어냈다.

나는 정신이 나갈 지경이었다.

방금 저지른 일은 할 수 있는 행동 중에서 가장 자연스럽고 가장 단순한 것이었다. 과거에도 아무 때나 사무소에 가서 카드를 달라고 손을 내밀 수 있었고, 카드는 즉시 발급되었을 것이었다. 어떻게 이럴 수가 있을까, 이제까지 이런 것을 생각해내지 못했다니 — 게다가 다른 사람들도 배고픔을 달래는데 그토록 필수불가결한 카드를 이런 방법으로 얻기보다는 굶주리거나 도둑질을 하는 편을 택하다니!

나는 다리를 질질 끌며 사무소를 나와서, 다시는 시장에 들어갈 수 없다는 사실을 깨닫고, 남의 눈에 띄지 않고 다가가서 선물을 해도 괜찮을 것 같아 보이는 첫 번째 비렁뱅이의 손에 카드를 쥐어주었다.

방금 발견한 사실에 놀라서 나는 정신을 차릴 수 없었다.

어쨌든 과거에 아직도 벽돌집에 살고 있었을 때도 그렇게나 여러 번 고기 카드를 받으러 사무소에 갔었고 언제나 모든 일이 지금과 똑같이 흘러가지 않았던가.

나는 언제나 줄을 섰고, 그 줄은 결단코 줄어들지 않았다. 종종 카드를 다 써버리고 나면 나는 며칠동안, 지금 와서 알게 된 바 쓸데없이, 굶주리면서 기다리곤 했다. 경찰과 푸주한들이 제 아무리 그 손아귀에 시장을 꽉 잡고 있다 해도, 카드를 발급하는 사무소에 대한 감시는 이토록 완전히 무책임하게, 처벌받아 마땅할 정도로 경시했던 것이다!

나는 언제든지 마음에 흡족할 정도로 카드를 가질 수 있다! 하지만 그렇게 카드를 얻어서 어찌할 것인가 — 시장에 들어갈 용기는 없고, 달리 고기를 구할 수도 없다!

심지어 땔감도 이제는 원하는 대로 얼마든지 얻을 수 있고, 암거래로 신발이든 뭐든 구할 수 있다. 하지만 그게 다 무슨 소용인가, 뱃속이 비어 있는데!

그리고 설령 카드를 준다 해도 아무도 내게 자기 집에서 마음껏 자도록 허락해주지 않을 것이다!

내게 닥친 이 모든 정신적인 타격을 겪고 나는 정말로 절망에 빠졌다. 그것은 물그릇을 흘러넘치게 한 마지막 물 한 방울과 같았다. 원하기만 하면 무엇이든 구할 수 있는 방법과 기회를 가지게 되었는데, 유일하게 얻을 수 없는 것이 음식과 잠이기 때문에 그 모든 것이 손에 닿지 않게 되었다는 자각은 내게 충격이었다. 하지만 음식과 잠 외에 더 무엇을 갈망할 수 있단 말인가!

누군가에게 카드를 주고 매수해서 시장에 가서 고기를 구해오도록 설득하겠다는 생각은 머리에 떠올리지도 않았다. 모두 나를 배신할 것이다! 그것만은 확실했다!

굶주림이 배를 쥐어짰고 나는 열이 나서 몸이 떨렸다.

도시가 증오스러웠다. 이제는 길거리 어딘가에 몸을 눕힐 용기조차 나지 않았고, 사방에 내 목숨을 노리는 적들만 보였다. 처음에, 부상을 입은 직후에는 낙담해서 무관심해졌다면, 지금은 공포가 나를 휘감았다.

사무소를 떠나면서 나는 이곳에 다시는 돌아오지 않으리라 결심했다. 안정을 찾고 싶었고, 잠을 충분히 자고 싶었고, 곪아서 악취를 풍기는 다리의 상처를 돌보고 싶었고, 휴식과 음식물을 갈망했다. 고기 생각만 해도 말라붙은 입술이 경련하듯 꽉 다물어졌다.

밤에는 거의 환각 상태가 되었다. 나는 마지막 남은 힘으로 제 정신을 붙잡았고, 그날 밤에 우물가에서 뱃속에 퍼 넣은 물의 양은 어마어마했다.

이런 상태로 나는 어디로 가는지 생각도 하지 않고 도시를 헤매었고 그러면서 내 의지와는 상관없이 그 다음 범법 행위를 저질렀다.

도시를 벗어난 것이다!

그 사실을 확인하자 나는 온몸이 마비될 정도로 충격을 받았고 나 자신에 대한 혐오감이 나를 휩쌌으며, 그러다가 마침내 의식을 잃어버렸다.

도시 바깥 어딘가에 얼마나 누워 있었는지 확실히 말할 수 없다. 나는 얼마 동안 누워 있었고 내 몸은 기운을 모았다. 며칠 밤이 지나갔으며 해가 몇 번이나 떴는지도 기억할 수 없다. 내가 아는 것은 자비로운 신열 덕분에 내 행동에 대한 책임을 질 수 없는 상태가 되기 직전의 순간에 무슨 일이 있었나 하는 것이다.

새벽이 왔을 때, 밤이 그 권력을 넘겨주었을 때, 나는 아직도 도시에, 최소한 그 변두리에 있었다고 확신한다. 왜냐하면 무너지거나 땔감으로 사용되기 위해 철거되지 않고 그 때까지 온전하게 서 있는 고립된 집들을 여기저기서 보았기 때문이다. 그리고 또 우물가에서 몇 번이나 물도 마셨다 — 그것도 확실하게 기억한다. 그러나 이 모든 것이 나를 따라다니는 환각이었을 수도 있다. 어쨌든 나는 환각 상태였기 때문이다.

마지막으로 물을 실컷 마셨을 때 나는 자신을 통제할 힘을 완전히 잃었고 다리는 내 의지와 상관없이 후들거리며 나를 싣고 갔다. 완전히 기운이 빠졌을 때 나는 항시 나를 따라다니는 위험에도 주의를 기울이지 않고 어렵게 숨을 들이쉬면서 뭔가 흔치 않은 것 위에 쓰러졌음이 분명하다.

내 자리 깔개 노릇을 하는 것이 무엇인지 깨닫기까지 시간이 오래 걸렸다. 그것은 잔디였다!

그리고 그것은 도시 안이나 혹은 변두리에서 때때로 눈에 띄는, 외따로 자라난 손바닥만한 뗏장이 아니었다. 그것은 드넓게 잔디로 뒤덮인 지역이었다 — 이런 광경은 그 때까지 한 번도 본 적이 없었다.

그 순간 공포가 나를 휩쌌고, 그 공포감은 그 때까지 느꼈던 모든 것을 압도했다. 위험으로 가득한 예감 때문에 주위를 둘러볼 수밖에 없었다.

풀과 나무!

그 순간 눈앞이 캄캄해졌지만, 정신을 차리고 내가 걸어 나온 것이 분명한 곳을 향해 시선을 돌렸다.

의심의 여지가 없었다.

멀리 도시가 보였다!

그 순간부터 얼마나 오랫동안 의식을 잃었는지는 나도 모른다.

위압감과 한없는 허약함을 느끼며 마침내 깨어났을 때 처음에 내가 어디에 있는 건지 알 수가 없었다. 그리고 어쨌든 그것 때문에 특별히 고민하지는 않았다. 나의 첫 번째 생각은 무엇을 맞닥뜨리게 되든 상관없이 시장에 숨어들어가서 비록 나의 최후가 될지언정 한 번 더 마지막으로 고기를 구해야 한다는 것이었다.

그러나 힘겹게 머릿속이 맑아지기 시작했고 나는 현실을 자각하기 시작했다. 시장은 멀리 있었다! 손에 닿을 수 없이 멀리 있었다. 이제는 도달할 수 없었다!

나는 도시를 떠난 것이다.

이 무시무시한 범법 행위를 자각하고 나는 마비된 채 똑바로 누워 있었다! 그런 뒤에 행복한 잠에 빠졌고, 그렇게 해서 최소한 얼마 동안 내 죄에 대해 잊을 수 있었다.

나는 절박한 갈증을 느끼며 깨어났다. 나는 완전히 말라붙어 있었고 얼마나 괴로웠는지 이루 말로 다 설명할 수 없다. 사방이 어두컴컴했고 주위에 새들이 노래하고 있었다!

이건 믿을 수 없었다.

게다가 풀이 축축했다! 나는 열정적으로 얼굴을 땅에 들이대고 풀잎을 핥았는데, 풀잎은 끝없이 많았다. 말라붙은 입술, 혀, 완전히 건조해진 몸 전체가 축복받은 습기를 빨아들였다.

그리고 나는 다시 잠들었다.

나는 다시 목이 말라서 깼고, 또 다시 풀잎을 핥았다. 다리가 끔찍하게 아팠고, 일어서려고, 다리를 움직이려고 해 보았지만 그것은 불가능했다! 다리는 엄청나게 부어 있었고 상처가 계속 곪았다.

죽을 지도 모른다는 두려움이 다시 나를 짓눌렀다. 계속 누워서 풀잎만 핥는다면 상처나 혹은 배고픔 때문에 머지않아 죽을 것이다.

몸이 만신창이가 되어 있었지만, 나는 어쨌든 할 수 있는 한 빨리 이 장소를 떠나서, 네 발로 기는 한이 있더라도 계속 기어 나아가서 음식물과 충분한 양의 물을 찾아보고 다리를 치료할 방법을 찾아야겠다고 마음먹었다.

다시 한 번 잠들었다가 깨어난 후에 나는 결심을 실천에 옮겼다.

그것은 고문과도 같았다!

나는 거의 기어 다녔다. 눈은 타는 것 같았고 제 정신을 유지하기 힘들었지만, 나는 이전에 있었던 곳에서 멀어지고 있었고, 도시에서도 멀어지고 있었다.

도시와 시장은 이제 나에게는 잃어버린 장소나 다름없었고, 돌아갔다가는 목숨을 잃게 될 것이었다. 그 사실은 분명했고, 도시를 벗어나면 뒈져버릴 것이라는 예감이 들었으나 그것은 인정사정없는 경찰에 대한 생각만큼 위협적으로 다가오지 않았다.

이 어려운 상황에서 나의 방황, 나의 고통스러운 방황은 어떻게든 계속되었다. 나에게 행운의 빛이 갑자기 비추어온 것은 저녁 무렵이었다. 멀지 않은 곳에서 뭔가 졸졸 흐르는 소리가 들려왔고 그 곳까지 기어갔을 때 나는 행복감을 느꼈다.

나무 사이로, 잔디 사이로, 새들의 노래 사이로 반짝이는 물줄기가 구불구불 흘러갔다.

나는 그 안에 머리를 전부 담그고 꿀꺽꿀꺽 들이켰다. 그 물은 얼마나 경이로웠던가. 예상치 못했던 기쁨을 아무리 들이마셔도 모자랐고 내 몸은 이 선물을 감사하게 받아들였다.

나는 악취를 풍기는 더러운 바지를 잡아당겨 거의 몸에서 찢어내

다시피 해서 던져버리고는 상처입어 고통스러운 맨다리를 수정과도 같은 물에 담갔다.

그 물이 얼마나 시원하던지, 어떻게 고통을 잠재워 주던지! 나는 오랫동안 시간을 들였고, 어두워질 때가 되어서야 생기가 돌아 기운을 차리고 경이로운 물에 사로잡힌 상태를 벗어나 시원한 잔디 위에 누웠다.

나는 평온하게 잠이 들었고, 귀찮지만 시장에서 익숙해진 검문을 예상하며 깨는 일도 없었다. 아침에 나는 다시 시냇가 옆에서 다리를 물에 담갔다.

상처가 훨씬 덜 쑤시는 것을 느꼈고 원기가 회복된 느낌이었으며 그 때까지 아무 것도 먹지 않았지만 최소한 지금 이런 상황이라는 것이 기뻤다.

도시를 떠났다는 범법 행위조차 그렇게 무섭게 느껴지지 않았다. 여기서는 모든 것이 전혀 달랐다. 공기에서 냄새가 나는 것은 사실이었지만, 도시에서 나는 것과는 다른, 꿰뚫는 듯 신선한 냄새였다.

또다시 시냇가에서 밤을 지내고 상당히 기운을 차린 뒤에 나는 아침에 목숨을 부지할 음식물을 구해 보기로 마음먹었다.

나는 일어서려고 해 보았다. 상처가 아직도 여전히 아팠지만 이전보다는 훨씬 덜했고 다리를 움직일 수 있었다.

절룩거렸지만 걸어 다니는 편이 기는 것보다 쉬웠다. 나는 평온하게 시냇물을 쳐다보고 그 물줄기를 따라 나무 사이로 걸으면서 도시의 모든 거주자들에 대해서 그랬듯이 이제까지 내 눈에 숨겨져 있었던 모든 것에 주의를 기울였다.

평생 회색에다 더러운 도시의 풍경에 익숙해져 있던 사람에게 이 것은 너무나 드물고, 새롭고, 빛나는 광경이었다!

어디를 보아도 경찰이 한 사람도 없고, 사방에 나를 위협할 사람, 내가 피해야 할 사람이 아무도 없다!

아무도!

내가 다시 시냇가 근처에 누웠을 때는 저녁이었다. 그날 나는 상당한 거리를 걸었고, 뒤돌아보았을 때 도시는 보이지 않았다. 시냇물은 자기 나름의 속도로 흘러가면서 그 물줄기를 따라가는 나를 끊임없이 도시에서 더 멀어지게 했고 나는 거기에 전혀 불만이 없었다.

내가 얼마나 오랫동안 고기를 먹지 않았는지, 얼마나 오랫동안 사실상 물외에 아무 것도 섭취하지 않았는지 벌써 잊어버렸다. 그런 것은 별로 크게 신경 쓰이지 않았다. 내일 — 아니면 최소한 가까운 미래에 — 다시 음식을 찾을 수 있을 것이라고 나는 굳게 믿었다.

갑자기 사람들의 목소리가 들렸다.

나는 비틀거렸다. 이 근방에 나 혼자 있는 게 아니었다!

입 안에 침이 가득 고였다…….

그러나 나는 금방 낙담했다. 내가 지금 처한 이런 상태에서 누군가를 도살할 수 있을까 — 게다가 지금 내 앞에 나타난 사람이 혼자가 아니라면…….

나는 우울해졌다.

목소리가 가까워졌다. 내가 본 것은 정신이 나갈 만한 광경이었다! 내게 다가오는 것은 아무 걱정도 없다는 듯이 이야기를 나누는 사람들의 무리였다! 도시에서 이런 광경은 불가능했을 것이다. 이런 것은 경찰에게 선물 바구니나 다름이 없었을 것이다!

갑자기 나를 가리고 있던 나뭇가지가 젖혀지더니 내 앞에 세 사람이 서 있었다.

그러니까 나는 피하지 못했던 것이다! 이제 나는 도살당할 것이다, 이 사람들 앞에서 나는 완전히 무력하다.

나는 눈이 튀어나왔고, 입술은 겁에 질려 경련하듯 꽉 닫혔다. 그 순간 구원과도 같이 의식을 잃었기 때문에 정신이 맑은 채로 나 자신의 도살을 기다리지 않아도 되었다.

그러나 나는 도살당하지 않았다!

눈을 떴을 때는 내게 무슨 일이 일어난 것인지 이해할 수 없었다. 시냇물과 잎사귀와 내가 누워 있던 잔디가 사라졌다. 그 대신 나는 부드러운 침대에 누워 쉬고 있었고, 머리 위에는 지붕이 있었고, 실내에 있었음에도 불구하고 주위에는 밝은 빛이 가득했다. 놀라서 나는 주변에 여기저기 세워둔 길쭉한 통을 바라보았다. 그 끝에서는 불꽃이 맥박치고 있었다. 그것을 보니 밤에 시장에 켜 놓은 등잔불이 생각났다.

갑자기 나는 실내에서 가장 불을 환하게 밝혀놓은 지점을 쳐다보고 너무나 흥분해서 거의 굳어질 뻔했다. 벽이 쑥 들어간 곳 안쪽에서 강력한 불꽃이 빠르게 타오르고 있었는데 그 위에는 전혀 고기를 굽고 있지 않았던 것이다.

이런 낭비라니!

나는 충격을 받고 일어나 앉았다.

그때 나는 실내에 혼자 있지 않다는 것을 알았다. 그다지 멀리 떨어지지 않은 곳에 이상한 자세로 앉아서 한 소녀가 쉬고 있었는데, 소녀는 내가 움직이자 마치 누군가 잠에서 깨운 것처럼 재빨리 몸을 일으켰다.

"아, 벌써 일어나셨어요?"

소녀는 가볍게 소리치고 재빨리 내게 다가왔다.

"몸이 좀 어떠세요? 더 누워계시는 게 좋겠어요. 조금만 기다리세요, 곧 아버지를 불러올게요."

소녀는 이렇게 말하고 섬세한 손, 작고 향기가 나는 손으로 나를 베개 위에 눕혔다.

나는 어안이 벙벙해졌다.

저런 말이라니! 저와 같은 말을 들어본 적은 한 번도 없었다. 완전히 노골적으로 발음한 말이다. 말을 하면서 소녀는 주위를 둘러보지 않았고 자신의 범법 행위를 목격하는 사람이 없는지 눈으로 확인하지도 않았다! 그리고 저 질문이라니! 마치 누군가 다른 사람의 기분에 관심이라도 가질 수 있는 것처럼!

여기는 어디일까 — 이 무슨 말도 안 되는 짓인가!

소녀는 내가 미처 붙잡기도 전에 놀란 나를 남겨두고 실내에서 달려 나갔다.

소녀가 돌아올 때까지 나는 오래 기다리지 않았으나, 돌아온 소녀는 혼자가 아니었다. 소녀와 함께 어떤 남자가 들어왔다. 나는 즉시 그를 알아보았다. 그는 시냇가에서 나를 발견한 세 사람 중 하나였다.

남자는 자신 있는 걸음걸이로 침대에 다가와서 미소 지었다.

"그래, 산 사람들의 세계에 돌아오신 것을 환영하오, 형제. 여기서 이틀 밤낮으로 잠을 자서 이제 안 깨어나는 것이 아닐까 걱정하기 시작했소."

낮고 굵은 강한 목소리가 천둥처럼 울렸고 남자는 소녀에게 몸을 돌렸다.

"그렇지, 안나?"

소녀는 부드럽게 고개를 끄덕였다.

"우리 아이가 여태까지 거의 계속해서 머리맡에 앉아 있으면서 간호하겠다고 고집을 부렸소. 끊임없이 머리와 다리의 붕대를 갈아 주었지."

남자가 담요로 덮인 내 다리를 가리켰다.

그때서야 나는 머리에 축축한 붕대를 감고 있다는 것을 알았다. 나는 조심스럽게 만져 보았다.

"이해가 안 됩니다……." 내 입에서 말이 흘러나왔다.

"아무 말도 하지 말아요. 전부 다 이야기해 줄 테니."

남자가 내 말을 끊었다.

"지금 가장 중요한 건 뭔가 먹는 거요. 몸을 잘 돌보지 못했다는 게 눈에 보이는군."

갑자기 그는 내게 손을 내밀었다.

나는 도살이 다가온다고, 그 강력한 손으로 나를 해치울 것이라 확신하고 몸을 움츠렸다. 그러나 남자는 이렇게 말할 뿐이었다.

"그러니까 나는 빌헬름이고 당신은 지금 내 집에 와 있는 거요. 저 애는 내 딸이고 이름은 안나요. 안나, 가서 뭐든 먹을 걸 준비해 와라, 뭔가 가벼운 걸로, 채소 수프에 달걀을 넣어서 진하게 만드는 게 가장 좋겠지."

남자가 소녀에게 말했고 소녀는 즉시 달려 나갔다.

남자는 여전히 내 쪽으로 손을 내밀고 있었고 나는 계속 그게 무슨 의도인지 알지 못했다. 남자는 갑자기 생각을 바꾼 것 같았고 입술이 뭔가 미소 짓는 모양새로 말려 올라갔으며 내가 방어하려 했는데도 내 손을 붙잡더니 세게 흔들었다.

"이제 전부 이해하겠소, 형제여. 도시에서 왔지요? 그렇지!"

남자가 다시 외치고는 침대 위, 내 곁에 앉았다.

처벌을 피하기 위해서 나는 감히 고개를 끄덕이지 못했지만(어쨌든 도시를 떠남으로 인해 무시무시한 범법 행위를 저지른 것이다) 남자는 그래도 분노의 기색을 전혀 보이지 않았다.

"여기서는 두려워할 필요가 전혀 없소. 나를 믿으시오, 형제여. 여기는 저곳과는 다른 법이 지배해요. 여기서는 아무도 해를 끼치지 않을 거요. 그러니까 일단 건강을 회복하고 푹 쉬고, 그런 다음에 이야기합시다. 지금 몸이 어떨지 상상이 됩니다. 그냥 누워 계시오, 그러면 안나가 수프를 가져다 줄테니. 하지만 여기 음식은 이제 까지 익숙해졌던 것과는 전혀 다르다는 건 미리 말해둬야겠소."

남자는 내 어깨를 두드리고는 기운찬 발걸음으로 멀어져 갔다.

내가 방금 들은 말이 무슨 뜻인지 미처 되새겨보기도 전에 또 다시 소녀가 김이 나는 음식이 가득 든 국그릇을 들고 나타났다.

소녀는 방 가운데 놓인 어떤 선반 같은 곳에 국그릇을 놓고 내게 다가왔다.

"아니, 일어나지 마세요."

내가 몸을 일으켜 계속 침대에 있을 의향이 없다는 걸 강조하려 했으나 소녀가 명령했다.

"머리에 베개를 충분히 괴어드릴게요, 기다려 보세요. 편안하게 계시면서 음식도 제대로 드시게 될 거예요. 아직 허약하세요. 이게 어렵지 않다는 걸 아시게 될 거예요."

나는 그 말대로 했다. 소녀는 내 등과 머리 아래 푹신한 베개를 밀어 넣었고 그런 뒤에 남자가 채소 수프라고 말한 것을 침대에 누운 내게 건네주었다. 소녀는 국그릇을 미리 나무 쟁반에 받쳐서 침대 위에 차려 주었다.

나는 국그릇을 양손으로 잡아채고 그 알 수 없는 음식물을 마시려고 했다.

"잠깐만 기다리세요!"

소녀가 소리쳤다.

"그렇게 드시지 마세요, 뜨거워서 델 거예요. 여기 보세요, 숟가락이에요."

그리고 쟁반에서 어떤 도구를 집어 내게 주었다.

전에는 숟가락이라는 걸 눈여겨본 적이 없었지만, 그런 적이 있다고 해도 이 도구가 어디에 쓰는 것인지 짐작할 수 있었을까 — 나는 너무나 오랫동안 이와 같은 걸 보지 못했다. 도시에서 숟가락은 거의 사라졌다. 숟가락은 대부분 나무로 되어 있었고 그러므로 땔감으로 이용하는 쪽이 더 중요했던 것이다.

나는 고개를 끄덕이고 숟가락을 받았다. 조심스럽게 이상한 수프를 떠서 입에 집어넣었다.

그 순간에는 내가 소위 채소 수프라고 하는 것을 국그릇에 입을 대고 직접 마시지 않도록 말려준 것에 대해 소녀에게 감사하는 마음이 들었다.

이 음식은 얼마나 역겨운가!

나는 입안에 넣었던 것을 즉시 뱉어내고 물러나 앉았다. 아니, 이런 걸 나더러 먹으란 말인가!

전에 먹었던 것 중에 가장 심하게 악취를 풍기는 날고기도 이것보다는 맛이 좋았다! 이 사람들이 권해준 것은 사실상 이전에 먹어 본 그 어떤 음식과도 비교할 수가 없었다. 그보다는 언젠가 굶주렸을 때 배를 채웠던 진흙과 가장 비슷했다!

아니, 이런 건 먹지 않겠다!

나는 화가 나서 소녀를 노려보았다.

내 반응을 못 본 것은 아니었지만 그래도 소녀는 전혀 놀라지 않았다.

"우리가 항상 먹는 거예요, 믿어 주세요, 절대로 나쁜 게 아니에요. 그냥 다 드셔 보세요, 분명히 익숙해지실 거예요. 고기를 더 좋아하시는 건 알아요."

'고기' 라는, 마술과도 같은 단어를 발음하면서 소녀는 거의 몸을 떨었다.

"하지만 여기서는 고기를 보지 못하실 거예요. 이게 올바른 음식이고 바로 자연이 우리에게 주는 거예요. 드세요, 좋아하시게 될 거예요."

소녀는 나를 달래면서 아까 남자가 했듯이 침대에 앉아서 숟가락을 손에 들고 자기가 먼저 한 입 먹어보았다.

"얼마나 맛있는지 한 번 보세요. 원하신다면 제가 먹여드릴게요."

나의 미약한 항의에는 전혀 주의를 기울이지 않고 소녀는 실제로 한 숟갈 한 숟갈 내 입에 떠 넣었으며 나는 혐오스러운 수프를 삼켰다 — 충격을 받고 나 자신을 보호할 수 없는 상태로.

　얼마가 지나자 나는 국그릇을 전부 비웠고 소녀는 가 버렸다. 그 무시무한 수프의 맛은 말로 형용할 수가 없을 정도였지만 확실히 이제는 배가 불렀고 나는 그 행복한 느낌을 즐기면서 잠이 들었다.

　뭔가 어깨를 세게 흔들어서 나는 잠이 깼다. 보여줄 카드가 한 장도 없다는 사실을 즉시 깨닫고 나는 겁에 질렸다. 내가 시장에 있지 않고 나를 흔든 사람은 검문하는 경찰이 아니며 지금은 도시를 벗어나 알 수 없는 이유로 나를 돌보아주는 이상한 사람들 사이에 있다는 사실을 깨달을 때까지는 조금 시간이 걸렸다.

　"겁내지 마시오, 나쁜 짓은 하지 않아요."

　이전에 이야기했던 남자가 힘센 손으로 나에게 제정신을 차리게 한 뒤에 나를 진정시켰다.

　"당신을 돌봐 주고 전부 괜찮은지 확인하기 위해서 친구들이 찾아왔소. 그럴 권리가 충분히 있는 사람들이지, 여기까지 쭉 나와 함께 당신을 짊어지고 왔으니까."

　나는 주위를 둘러보았다. 실제로 실내에 그 사람 외에 남자 두 명이 더 서 있었는데 얼굴을 보니 흐릿하게 기억이 날 것도 같았다.

앞으로 상황이 어떻게 진행될지 기다리면서 나는 불확실하게 고개를 끄덕였다. 자기 딸이 나를 돌보아 주던 그 남자가 이전에 했듯이 이 사람들도 내게 손을 내밀었다. 여기서는 배신당할 일은 없을 것이라는 느낌이 들었고 이 사람들도 내 손을 잡을 것이라고 예상했다. 그 중 한 사람이 실제로 그렇게 했다.

"나는 세바스티안입니다."

내 오른손을 흔들면서 그가 말했다.

"당신을 짊어지고 왔다는 빌헬름의 말이 맞습니다. 하지만 확실히 우리한테 지나치게 고마워할 필요는 없어요, 무게가 거의 나가지 않았으니까. 그러니 도시에서 나오신 걸 환영합니다, 우리한테 오신 걸 환영해요."

그는 내 손을 놓아주었고, 나는 세 번째 남자도 내 손을 잡으려 한다는 것을 알았다. 내가 먼저 그에게 손을 내밀어야겠다는 생각이 떠올랐다. 남자는 망설이지 않고 손을 잡았다.

"내 이름은 베노입니다. 드디어 눈을 뜨셔서 기쁩니다. 정신을 차릴 때까지 시간이 꽤 걸렸으니까요."

그가 말했다. 그리고 함께 들어온 두 남자에게 말했다.

"자 그럼 친구들, 이 분이 좀 더 기운을 차리도록 조용히 쉬게 두어야겠소. 이야기할 시간은 앞으로 많이 있을 테니까."

"그 말이 옳아요, 베노."

세바스티안이라고 한 사람이 말했다.

"갑시다. 건강을 회복하세요, 친구. 곧 다시 만나길 바랍니다."

그가 인사했다.

잠시 후에 나는 혼자 있었다.

머리는 이미 완전히 맑아졌지만 그런데도 나는 암흑 속에서 헤매고 있었다. 이 짧은 시간 동안 얼마나 많은 일이 일어났던가, 전혀 이해할 수 없는 일이 얼마나 많이 벌어졌던가! 갑자기 내가 아무런 잘못도 저지르지 않은 것처럼 행동하는 사람들, 완전히 공공연하게 큰 소리로 나와 이야기하고, 땔감을 낭비하고 고기를 먹지 않고 웃는 사람들이 나타나다니! 얼마나 이상한 일인가!

나는 그 이유가 무엇인지 알아내야겠다, 그들에 관한 일이라면 무엇이든 내가 모르는 비밀로 남아 있어서는 안 된다고 마음먹었다.

그러나 나는 특별히 캐묻거나 그들의 관습을 몰래 조사할 필요조차 없었다. 그들은 마치 전혀 아무 것도 숨길 필요가 없는 것처럼 행동했다.

저녁에 소녀는 내가 침대에서 일어나는 것을 허락해 주었다. 내가 어깨에 기대도록 해 주었고, 그런 뒤에 전에 내가 이 집에서 처음으로 눈을 떴을 때 자신이 앉아 있던 좌석에 나를 앉혔다.

"자, 이제 앉아서 쉬세요, 그리고 모든 것이 다 좋아지고 나면 혼자 힘으로 걸어다니게 되실 거예요."

소녀가 말했다.

"그 다리, 그 보기 흉한 상처가 좀 걱정이 되지만 약초 붕대를 감아 두었어요. 문제 없이 곧 나았으면 좋겠어요. 자, 이제 아버지하고 다른 사람들을 불러올 테니 이야기를 좀 하세요. 도시에서 오셨다면 분명 여러 가지가 궁금하실 거예요."

소녀는 겁먹은 듯 덧붙이고 가 버렸다.

조금 뒤에 실제로 그 아버지가 들어왔고 여러 다른 사람들이 그와 함께 왔다. 사람 수가 많아서, 실내가 아주 넓었지만 전부 다 들어오지는 못할 정도였다. 모두 다 내 손을 흔들었고 어떤 이름으로 자신을 규정했다. 자신이 마치 물건이거나 그 비슷한 것처럼 뭔가 이름을 대어 스스로 규정한다는 행위도 내게는 이해할 수 없는 일이었다.

그런 뒤에 그들은 내 주위에 둘러앉았다. 등받이가 있는 무슨 좌석 같은 것을 가져온 사람도 여럿 있었는데, 우스워 보였지만 무척 실용적이었다.

"자 그래서, 우리가 이곳에 모인 것은 우리 정착지에 구성원이 한 명 더 늘었기 때문입니다." 자신이 빌헬름이며 그의 확언에 따르면 내가 있는 곳이 자기 소유의 집이라고 말한 남자가 모인 사람들을 향해 입을 열었다. "이 분은 여러분 중 몇몇과 마찬가지로 도시에서 왔습니다. 우리가 이 분을 어떻게 찾아냈는지는 이미 아시겠지요. 세바스티안과 베노와 제가 이 분을 정착지로 모셔왔고, 이제 이 분이 여기에서 친구들에게 둘러싸여 있다고 느끼실지는 우리 모두에게 달려 있습니다. 이 분이 아직까지 그 자명한 사실을 이해하지 못하실까봐 걱정이 됩니다. 분명 우리에 대해서 들어본 적이 없고, 여기까지 오시게 된 건 흔한 우연 때문이었으니까요. 자, 형제여, 내 말이 맞습니까?"

남자가 내게 물었다.

나는 고개를 끄덕였다. 실제로 나는 도시 경계선 바깥에 사람이 살고 있고 게다가 이처럼 완전히 분리된 방식으로 살고 있으리라고는 한 번도 짐작해본 적이 없었다.

빌헬름이라는 사람이 계속 말을 이었다.

"내가 뭐라고 말하든 결국은 스스로 모든 것을 알게 될 거요. 한 가지만 말해 두겠소. 우리 정착지가 유일한 게 아니라 멀지 않은 곳에 또 다른 정착지가 있고 그 뒤에 또 다음 정착지가 있소. 도시 주변에 이런 곳이 많습니다. 몇몇 사람들, 예를 들어 나 같은 경우는 도시를 한 번도 본 적이 없고, 다른 사람들은 또 도시에서 태어나 얼마간 살다가 그곳을 나와서 여기로 왔소. 내 부모님도 도시에서 왔어요. 나는 여기 정착지에서 세상에 나왔습니다.

당신이 우리와 함께 여기 남아 있는다면 — 왜냐하면 원하면 여기서도 떠날 수 있기 때문이오 — 우리와 함께 일하고 땅을 갈고 유용한 일을 하게 될 거요. 만약에 여자를 만나서 서로 마음에 들면 결혼을 할 수도 있소. 여기서는 아무도 아무 것도 금지하지 않고 스스로 자신의 주인이 되는 거요. 하지만 여기서는 단 한 가지가 금지되어 있어요!'

그는 말을 멈추고 남아 있는 사람들을 훑어보았고, 사람들은 긍정하듯 고개를 끄덕였다.

"고기를 먹는 건 금지입니다. 무슨 종류의 고기든 말이오. 그리고 나를 믿으시오, 곧 새로운 음식에 익숙해질 테니까. 우리가 먹는 것은 훨씬 더 건강에 좋고 영혼을 회복시키거든. 자 이제 원한다면 관심 있는 건 뭐든 우리에게 물어보시오."

그는 이렇게 제안하고 입을 다물었다.

내가 관심 있는 것!

전부 다! 그건 자명했다. 그러나 가장 관심 있는 것은 고기였다!

어쨌든 이 사람들이 내게 저 채소라는 것을, 안나가 내게 몇 개인가 가져다주었던 저 이상한 물건을 먹으라고, 그런 걸로 배를 채우고 기운을 차리라고 이 많은 사람들 앞에서 요구할 수는 없는 일 아닌가! 물론 나는 기꺼이 이들의 명령을 따르겠지만, 가끔씩이라도 고기 한 점을 반드시 먹어야만 하는 것이다! 그러나 고기에 대해서는 묻지 않는 편이 합당하다고 생각했다. 최소한 당분간은 이 사람들이 말하는 모든 일에 열의를 보여야만 하는 것이다.

"경찰……."

나는 힘들게 발음했다. 나는 말을 하지 않는 데 익숙해져 있었다.

"여기는 경찰이 없습니까?"

나는 고기 외에 가장 관심을 가졌던 사항에 대해서 물었다. 사람들은 웃기 시작했고 실내는 소음으로 가득 찼다.

"경찰이라니, 물론 여기도 경찰은 있지요. 우리 모두가 경찰입니다."

세바스티안이 미소 지으며 대답했다.

"여기서는 모두가 자기 자신에게 경찰이에요. 오직 자기 자신만이 마음 속 깊은 곳에서 지금 하는 일이 올바른지 결정할 수 있어요. 자기 자신을 지키고 자기 자신을 처벌하는 겁니다. 그러니까 사람이죠. 자기 스스로 경찰이고, 이런 식으로 조직된 경찰이 가장 가치 있다는 걸 분명히 확신하게 될 겁니다."

이런 확언을 듣고 나는 안심이 되었다. 어쨌든 살면서 나는 스스로 올바르다고 생각한 일만을 해온 것이다.

나는 끊임없이 뭔가가 불안하게 느껴졌는데, 그것은 실내에서 일어나는 어떤 움직임과 떠드는 소리였다. 나는 갑자기 이곳에 아이들이 있다는 사실을 깨달았다. 그렇다, 사람들은 이곳에 아이를 데려왔고 몇몇 아이들, 특히 가장 작은 아이는 여자가 안고 있었는데, 흥미로운 것은 다른 아이들은 남자 무릎 위에 앉아 있다는 점이었다. 나는 남자들이 자기 무릎에서 아이들을 밀어내지 않고 쫓아내지 않는다는 사실이 신기했고, 게다가 남자들은 그 말썽쟁이들이 무릎 위에 앉아 있다는 사실에 만족하는 것처럼 보였다!

이런 일은 도시에서는 생각조차 할 수 없었다!

물론 도시에서도 여자들은 아이를 낳았지만, 아이의 출생은 그들에게 단 한 가지만을 의미했다 — 고기 카드를 더 많이 받는 것이다. 아이가 태어나면 여자는 곧 아이가 다 자랄 때까지 카드를 두 배로 받게 되었다. 그러나 여기서 보듯이 여자가 아이를 가슴에 안은 모습은 한 번도 본 적이 없다!

아이는 여자에게 단 한 가지만을 의미했다 — 더 많은 고기다. 여자들은 그래서 아이를 보호했는데, 왜냐하면 아이가 살아 있는 동안 이용 가치가 있기 때문이었다. 그러나 아이가 죽어버리면 더 많은 고기 카드를 받을 권리를 잃어버렸다. 다른 사람은 아무도 아이에게 관심을 갖지 않았고 그 어느 집에서든 어머니 이외의 사람이 아이의 존재에 열중한다는 것은 생각조차 할 수 없었다. 그리고 만약에 아이가 허약해지면 여자는 다른 모든 시체와 마찬가지로 푸주한의 조수들이 가져가도록 거리낌 없이 집 앞에 버렸다.

그렇게 되었을 때 여자들이 안타까워할 만한 단 한 가지는 더 많은 카드를 받을 권리를 잃었다는 사실이었다. 그러나 그런 권리는 금방 되찾을 수 있었다. 집에는 남자들이 충분히 있었고 그들은 그럴 의향만 있다면 아무 여자나 덮칠 수 있었던 것이다. 그리고 여자들은 절대로 저항하지 않았다. 그런 것도 또한 금지되어 있는 것이다!

분명 나도 셀 수 없을 만큼 여러 번 여자를 임신시켰을 것이다. 그러나 거기에 대해서는 즉각 잊어버렸다. 어쨌든 나는 자연적인 욕구를 해소한 것이고 어떤 아이가 나를 괴롭히는 일이 있었다면 물론 쫓아버렸을 것이다. 뭐가 됐든 관계를 맺는 것은 금지되어 있었을 뿐만 아니라 합리적이지 못했는데, 왜냐하면 카드를 잃을 위험에 노출되기 때문이다!

그리고 도시에서 여자들은 어쨌든 아이가 불법 도살의 위험에 노출되지 않고 거리에 나가 사무소에 자기 카드를 받으러 갈 수 있을 만큼 자라날 때까지만 돌보았다. 그런 때가 오면 아이는 낳아준 여자에게 더 이상 필요하지 않게 된다. 그 뒤에 여자와 아이는 서로 만나지 않았고 집에서 마주치더라도 서로 쳐다보지도 않았다. 누구든 처음으로 카드를 받으러 나간 순간부터 더 이상 아이가 아니라 어른이었다.

그런데 여기서는 이제 뭔가 말도 안 되는 상황이 눈앞에 펼쳐진 것이다. 남자들은 어린 아이들과 놀았고 아이의 머리를 쓰다듬어주었으며 여자들은 이제까지 보았던 것과는 다른 방식으로 아이들을 대했다.

어쨌든 빌헬름 자신도 안나가 자기 딸이라고 말하지 않았던가!

이 모든 일이 얼마나 이상한지!

"그럼 아이들은 — 여기서 아이들은 어떻게 대하죠?"

내가 어렵게 물었다.

이제는 이전 질문처럼 웃는 사람이 아무도 없었다.

일순간 침묵이 지배했다.

"여기서는 아이를 어떻게 대하냐고요?"

갑자기 한 여자가 일어나서 거의 외치듯이 말했다.

"거기에는 내가 대답하죠! 아이는 기쁨이에요, 아버지와 어머니의 기쁨이죠. 아이는 아버지와 어머니에게 삶의 의미예요! 그 의미를 몰살시키는 사람은 사람이라 불릴 자격이 없어요!"

여자의 눈이 불타올랐고 나는 여자가 내게 덤벼들려 한다고 느꼈다.

"진정해요, 아가타!"

빌헬름이 여자에게 소리쳤다.

"형제가 질문을 했고, 다른 것도 아닌 아이에 대해서 질문한다는 사실 자체가 그의 유용성을 증명해주는 거요. 이 분은 우리와 함께 살 것이고 우리 생활에 대한 것, 그가 이제까지 목격했던 것과는 너무나 다른 생활에 대해서 반드시 전부 다 알아야만 합니다. 진정하고 있으세요! 그리고 형제여, 마음 편하게 뭐든지 물으시오, 우리는 아무 것도 감추지 않을 테니까."

그가 나에게 말했다.

그래서 나는 질문했다. 처음에는 불확실하게, 그러나 나중에는 자유롭게 떠들었고 결국은 목이 아파왔는데, 왜냐하면 한 번에 이렇게 말을 많이 해 본 적은 아마도 이제까지 평생 동안 없었을 것이기 때문이다.

실제로 나는 많은 것을 알게 되었다.

이곳과 같은 정착지는 도시 근방의 넓은 지역에 굉장한 숫자로

퍼져 있었다. 정착지는 이미 오래 전에, 도시에서 막 고기를 먹기 시작했을 때 건설되었다. 사람들은 비밀리에 도시를 떠났다. 나로서는 확실치 않은 이유로 고기를 먹는 것을 거부한 사람들이나 다른 방식으로 도시에서 일어나는 일에 동의하지 않는 사람들이었다. 때때로 무리를 지어서, 때로는 짝을 지어서, 혹은 혼자서 도시를 떠났다.

그러나 아무도 오랫동안 혼자 남아 있지는 않았다. 완성된 정착지에서 사는 사람들이 도망친 사람들을 받아들였다. 몇몇 사람들은 도망쳐 나온 다른 사람들을 만나서 스스로 새로운 거주지를 만들었다. 그들은 함께 지냈기 때문에 도시에서 강요되었던 익명성을 던져버리고 오래된 관습에 따라 기억에 남아 있는 많은 이름 중에서 골라서 성명을 붙였다. 그들은 나 또한 내 발로 설 수 있게 되고 정착지에서의 삶을 이해하게 되면 스스로 이름을 선택하게 되리라는 것을 주지시켰다.

정착지들은 서로 교류를 유지했다. 거주자들끼리 서로 방문하고 경험을 공유하면서 여러 가지 식물을 어떻게 심고 기르며 어떻게 효율적으로 이용하고 어떻게 음식으로 만드는지 금방 배우게 되었는데, 그것은 사람들이 거부한 것을 어쩔 수 없이 다시 먹어야만 하는 일이 없도록, 어쩔 수 없이 또 고기를 먹어야만 하는 일이 없도록 하기 위해서였다.

관대하고 풍부한 자연은 거주자들에게 필요한 것을 모두 주었다. 빽빽이 우거진 숲에 자라는 나무가 쓰고도 남을 만큼의 땔감을 보장해 주었다. 사람들은 또한 계속해서 새로운 도구를 생산했다.

여자는 남자와 관계를 맺었고 그로 인해 독립된 작은 공동체를 만들어 살면서 자신이 생각하는 방식으로 아이를 돌볼 수 있게 되었다. 그래도 그 생각이 다른 사람들의 생각과 크게 다르지 않았기 때문에 사실상 모두가 똑같은 관점을 가지고 있었고 그리하여 별 의미 없는 몇몇 예외를 빼면 동료들에게 다른 불법 행위는 전혀 저지르지 않게 되었다는 사실을 나는 배웠다.

가장 힘이 세고 가장 대담한 사람들은 자신들의 삶의 방식을 믿고 스스로 떠나 도시로 돌아가서 도시 거주자들을 찾아내어 그곳에 남아 있는 것은 의미가 없으며 진정한 삶은 도시를 떠난 뒤에야 시작될 수 있다고 설득했다.

그들은 그런 뒤에 종종 정착지로 새로운 친구들을 데려왔다. 그러나 그렇게 대담한 사람들이 성공하지 못하는 일도 드물지는 않았다. 그들은 도시에서 경찰의 환심을 사려는 의식 있는 시민들과 마주쳤고 그런 시민들은 자기 방식대로 정착지 사람들의 행동을 폭로했다.

정착지를 떠나 도시로 간 그런 불쌍한 사람은 그 뒤로 돌아오지 않았다. 도시에서 도살당한 것이다.

그 덕에 경찰은 곧 도시 경계선 밖에서 무슨 일이 벌어지는지에 대한 정보를 입수하게 되었다. 아무도 도시를 떠나서는 안 된다는 법령은 더욱 엄격해졌지만 그래도 그 엄격해진 정도에 비례해서 도시를 떠나는 사람들의 숫자도 함께 증가했다. 경찰은 도시 밖으로 나가서 도망친 사람들과 전투를 할 용기는 내지 못했는데, 왜냐하면 경찰이 가진 것은 창뿐이었지만 정착지의 거주자들은, 그들의 신념과는 어울리지 않을지라도, 더 효율적인 무기를 생산할 수 있었기 때문이다. 정착지의 사람들은 고기를 먹지 않겠다는 것뿐만 아니라 결단코 소중한 사람을 죽이지 않겠다는 것도 목표로 삼았다.

그러나 정착지 사람들은 곧 경찰의 공격을 두려워하지 않아도 되는 또 다른 이유를 알게 되었다. 그런 일은 분명 도시에서 비밀로 숨길 수 없을 것이었는데, 경찰이 가장 두려워하는 것은 대중이 도시 밖에서 무슨 일이 벌어지는지 듣게 되는 것이었다. 경찰은 그렇게 되면 자신들의 절대 권력이 끝나리라는 사실을 알고 있었으며 그래서 새로운 법령을 만들기도 하고 기존의 법령을 더 엄격하게 했으며 도시 거주자 중 누구라도 이야기를 하려 드는 사람이 있는지 날카롭게 감시했다. 그런 사람은 즉시 거주자에게 도시를 떠나라고 설득한다는 의심을 받았고 그런 이유로 도살을 당했다.

이런 설명에 대해서 나 자신도 도시 바깥의 정착지와 나무와 잔디와 졸졸 소리 내어 흐르는 시냇물의 냄새에 대해 얼마 전까지도 알지 못했다는 사실을 숨기지 않고 의심을 표했다. 정착지 거주자들은 내 반응에 당혹스러워했고 나중에 빌헬름이 아마도 외부에서 온 방문자가 따로 찾아내어 이야기할 정도로 정착지 사람의 신뢰를 얻을 만한 방식으로 생활하지는 않았던 것 같다고 설명해 주었다. 나도 이것이 사실이며 설령 나를 실제로 따로 찾아내서 새로운 가능성에 대해 알려주었다 하더라도 나는 즉시 적절한 절차를 밟아서 아주 조심스럽게 행동하며 모든 경찰에게 알리고 나 자신이 이런 범법 행위로 인해 도살당하지 않도록 아주 조심스럽게 행동했으리라는 점을 인정해야 했다.

빌헬름과 동지들은 내가 극단적으로 지친 것을 알았다. 그들은 내가 도시에서 도망친 망명자인지 확실히 알지 못했고 그보다는 더 멀리 있는 정착지 출신인데 어떤 위험한 맹수를 맞닥뜨렸거나 아니면 또 다른 이유로 부상당했을 것이라 추측했다. 그들은 또한 내가 새로운 추종자를 만들기 위해서 스스로 도시로 갔으며 그곳에서 붙잡혔지만 도망치는 데 성공했다고 생각했다.

모두가 돌아갔을 때는 늦은 밤이었고 나는 마침내 침대에 누울 수 있었다. 사실 생각해볼 주제가 많이 있었다 — 어쨌든 모든 것이 너무나 새로웠던 것이다!

내가 도시에서 어떤 경험을 했는지, 무엇 때문에 도시를 떠나게 됐는지 아무도 질문하지 않는다는 사실이, 도시에서 내가 누구였는지 아무도 관심을 갖지 않는다는 사실이 나는 이상했다. 실제로 이런 것을 물어볼 경우를 대비해서 나는 이미 대답을 준비해 두었는데, 왜냐하면 내가 시장의 인간쓰레기 중 하나였다는 사실을 다른 누구도 아닌 이 사람들 앞에서 인정하는 것은 적절하지 못하다고 여겼기 때문이다.

얼마 지나지 않아서 알게 되었지만, 정착지 사람 중 누구라도 새로 찾아온 사람이 스스로 털어놓지 않는다면 도시에서 어떻게 살았는지 물어볼 권리가 없었다. 그들은 그렇게 물어보는 것이 무분별하다고 여겼다 — 정착지 사람들에게는 새로운 동지가 이곳에 와 있으며 이제 도시에서 익숙해졌던 것에 비해 완전히 달라진 방식으로 살아갈 것이라는 사실이 중요했다.

나는 또한 안나의 도움으로 집 앞에 나섰다. 그때 얼마나 멋진 광경이 내 눈앞에 펼쳐졌던가! 모든 것이 내게 얼마나 경이롭게 작용했는지! 얼마나 아름다운 환경이 나를 둘러쌌던가, 모든 것이 —

집, 사람들, 벌판 — 얼마나 강한 신뢰감을 불러일으키던지!

단지 이 사람들이 고기를 먹는 것은 금지되었다는 규칙을 그렇게 고집스럽게 지키지만 않았더라면.

다음날 그들은 내게 새 옷을 입혀 주었는데, 그 옷은 어떤 꽃에서 복잡한 방법으로 생산하는 것이었다. 내가 아직 의식이 없었을 때 안나가 내 몸을 전부 꼼꼼히 씻겨 주었고 수염과 머리털을 깎아 주었으며 그 덕분에 나는 거의 대머리가 되었고 내 몸에 있던 자연적인 벌레들이 없어졌는데, 그런 벌레들이 이곳에서는 아무에게도 자연스러워 보이지 않는 모양이었다. 이제까지 이토록 변해 본 적이 없음에도 불구하고 나는 정말로 기분이 좋았고 무엇보다도 여기저기를 계속 긁지 않아도 된다는 사실에 안도감을 느꼈다.

내가 주위를 둘러보고 있을 때 빌헬름이 내게 다가왔다.

"그렇죠 형제여, 여기 괜찮지요? 저기 집들 좀 보시오, 얼마나 단단하고 잘 생각해서 지었는지. 좀 보시오, 당신도 우리 도움을 받아 저런 걸 짓게 되면, 추수만 끝나면 알맞은 때가 될 거요. 그 때까지는 원한다면 우리 집에 있어도 좋아요, 나와 안나에겐 방해되지 않으니까. 하지만 다른 사람에게로 가고 싶다면 아무도 막지 않을 거고 누구나 기꺼이 받아줄 거요. 그런 게 우리 관습이오. 자 이제 갑시다, 저녁 먹을 시간이오. 뭣 좀 먹읍시다."

그가 말했다. 그리고 안나가 우리를 위해 햇빛 속으로, 집 앞으로 음식을 내왔다.

그것은 또 다시 채소였는데, 야채와 빵이라고 하는 무슨 덩어리였다. 배가 고프지 않기 위해서라면 그것만으로도 충분했지만, 그래도 나의 자연적인 허기는 채워지지 않았다!

오로지 고기만이 내가 갈망하는 것을 줄 수 있다는 걸 나는 잘 알고 있었지만 그래도 빌헬름 앞에서 그런 것을 드러내지는 않았다.

식사하는 동안 나는 그에게 아내가 있는지 물었다 — 여기서는 모두 그런 배타적인 관계를 맺고 살고 있었다.

그의 얼굴이 어두워졌다.

"아내가 있었지, 있었소. 착하고 예쁜, 가장 훌륭한 아내였소. 나를 두고 세상을 떠났지. 안나의 엄마가 우리를 떠난 지 조금 있으면 2년이 되오."

그는 무겁게 한숨을 쉬었다.

"그리고 아마 곧 그 다음 장례식이 있을 것 같소. 에드바르드, 늙은 에드바르드 — 당신 그 사람도 어제 만났지 — 홀아비가 될 거요. 그런 건 생각조차 하지 않으려 하지, 내가 기억하는 한 그 부부는 언제나 우리와 함께 살아왔소. 하지만 그의 나이든 아내가 이제 우리를 떠나려 하오. 그걸 피할 수는 없다는 걸 우리 모두 알지. 벌써 일주일째 일어나질 못하고 있소, 불쌍하게도."

그는 입을 다물었다.

그리고 그는 우울한 표정으로 나를 남겨두고 가 버렸다.

그러나 이 이야기에 나는 전혀 슬퍼지지 않았다. 가장 가까운 미래에 이곳에서 누군가 뒈지는 것이다!

그것은 희망이었다! 만약 그 죽은 시체에서 고기를 좀 몰래 얻는다면 나는 어쨌든 범법 행위를 저지르는 건 아니다.

그 뒤로 며칠이나 나는 고기가 이미 준비되었다는 소식을 조급하게 기다리면서 동시에 정착지의 나머지 거주자들을 더 가깝게 알게 되었고 그들이 하는 잔일을 함께 했다. 그들은 내게 몇 가지 작업을 가르쳐 주었고 어떤 목적으로 하는 일인지 설명해 주었다.

이 모든 것에 대해 나는 얼마나 아는 게 없었던가!

그러나 나는 끊임없이 배우고 흥미로운 것들을 맞닥뜨렸음에도 불구하고 오로지 한 가지 질문 때문에 안절부절 못했다 — 노파는 벌써 죽었을까?

결국 나는 알게 되었다.

저녁이 다가오고 있었다. 안나는 부엌에 있었고 나는 긴 하루를 보낸 끝에 현관 부근에서 쉬고 있었다. 다리는 말끔하게 아물었지만 그래도 정착지를 위해서 조금 일을 하다가 지칠 때면 나는 언제나 상처의 통증을 핑계로 대었고 그러면 곧 누군가 나를 기꺼이 안락의자까지 데려다 주곤 했다.

갑자기 나는 빌헬름이 돌아오는 소리를 들었다. 안나에게 이야기하는 그의 목소리가 들렸는데 오늘따라 유난히 조용했다.

소녀는 고함을 지르더니 갑자기 울기 시작했고 곧 둘 다 무척 우울해진 채로 현관으로 들어왔다.

"그러니까 그 일이 일어났소, 형제여."

그가 내게 말했고, 나는 심각하고 슬픈 표정을 지었다.

"에드바르드의 아내, 우리의 크리스티나가 세상을 떠났소. 내 불쌍한 아가!"

그는 소리치고 안나를 가까이 끌어당겼다.

"이 아이에게는 친할머니 같았는데! 안나가 몇 번이나 병간호를 해 주었었지. 당신이 우리 정착지에 나타나기 전에는 처음에 당신을 돌봐주었듯이 그렇게 희생적으로 크리스티나를 돌보았고 이번에도 때가 되기 전에 들렀었소."

그리고 빌헬름은 딸을 달래는 말을 하기 시작했으나 나는 그 뒤로는 오래 귀를 기울이지 않았다.

황홀감이 마음속을 가득 채웠다. 고기! 고기를 먹게 된다! 여기 사람들이 분명히 비난할 도살을 저지르지 않고도 고기가 스스로 내 손에 떨어진 것이다!

서로를 위안하는 두 사람을 곁눈질로 훔쳐보면서 앞으로 다가올 일을 생각하니 기쁨이 내 마음속에 가득 차올랐다.

그리고 이렇게 흥분해 있을 때 또 한 가지가 내 주의를 끌었다. 소녀는 울고 있었는데, 숨을 몰아쉴 때마다 가슴이, 전혀 작지 않은 가슴이 빠르게 물결쳤다.

나는 벌써 얼마나 오랫동안 여자를 갖지 못했던가!

그 순간 나는 몸이 자기 권리를 요구하기 시작하는 것을, 그토록 오랫동안 갖지 못했던 것이 손닿는 거리에 있음을 느꼈다.

그렇다, 시장에도 여자는 있었고 누군가 덮칠 수도 있었겠지만, 그랬다가는 도살당했을 것이다! 시장 안에서는 배설이 금지되어 있었고 그것은 또한 욕구의 해소도 금지되었음을 의미했다! 시장 안에서 전자든 후자든 할 생각은 한 번도 못 해 보았고, 내가 이렇게 오랫동안 이 모든 걸 어떻게 참을 수 있었는지 이해가 가지 않았다.

그러나 지금, 지금은 다르다! 저 여자애, 안나, 저 여자가 적당하겠다.

고기에 이것까지!

행복감이 마음속에 둥지를 틀었다.

그래도 나는 너무 서둘러 행동에 옮기고 싶지는 않았다. 하루 이

틀 더 기다렸다가 고기를 얻게 되면 저 여자애를 덮치자!

어쨌든 나는 그럴 권리가 있었다. 이 사람들 스스로 내 마음에 드는 여자를 아내로 취해도 좋다고 말해준 것이다.

그리고 나는 안나를 원했다. 이제 그것을 느꼈고, 알고 있었다.

그러나 나의 희망은 무위로 끝났다. 바로 다음날 나는 남의 눈에 띄지 않고 죽은 고기에 가까이 가려고 해 보았으나 알고 보니 그것은 불가능했다. 끊임없이 누군가 그 옆에 앉아서 울거나, 어쩌면 시체를 돌봐주는 것도 같았다. 그들은 마치 이 고기를 내게서 지켜야 한다는 걸 아는 것 같았다. 나는 밤에 몰래 집을 빠져나와 내 생각에는 나의 소유인 것을 얻으려고 해 보았으나, 그 때마저도 주검은 혼자 남아 있지 않았다.

이들의 관습은 내게 혐오감을 불러일으켰고 그 다음날 있었던 장례식 때문에 나는 흥분했다.

남자들이 나무 그루터기를 잘라 굵다란 장작을 만들어서 무더기로 쌓았다. 아무도 밭에 나가지 않았고 모두 다 이 웃기는 작업에 참여하고 싶어 했다. 고기, 이 거대한 고기 조각 전체를 장작 무더기 위에 올려놓더니 그들은 나무에 불을 피웠다. 불이 붙었고 조금 뒤에 강력한 불길이 넘실거렸다.

나는 다른 사람들과 함께 서서 이 광경을 보면서 그들과는 전혀 다른 이유로 정신이 나갈 지경이었다. 나는 믿을 수가 없어서 불꽃을 쳐다보았다.

고기가 구워진다!

그 냄새가 콧구멍을 때렸고 입속에 침이 고였다. 내 고기가 구워진다!

그러나 누군가 지금 이 순간 뛰어들어 불을 끄지 않는다면 고기는 완전히 타 버릴 것이다, 아무 것도 남지 않을 것이다!

다른 사람들이 슬픔에 통곡하며 몸을 떠는 동안 절망감이 내 마음을 찢었다.

고기 향기를 맡자 몸에 기운이 확 풀리는 것 같았다. 저렇게 완벽하게 구워진 고기는 한 번도 먹어본 적이 없었다. 그런데 이 사람들은 그걸 내주지 않으려는 것이다!

타고 남은 재는 근방에 흩뿌려졌다!

이 사건은 내게 굉장한 타격이었다. 나는 그럴수록 더더욱 내 것을 얻어내고 안나를 덮쳐야겠다고 마음먹었다.

나는 밤사이 내내 현관 근처의 내 침대에 누워 마음을 안정시키지 못했다. 그러나 아침에는 피곤하지 않았다. 빌헬름은 내 의도에 반대할 수도 있었으므로 그가 밭에 나가고 안나가 집에 혼자 남기만 하면 덮치겠다고 나는 결심했다.

나는 기다렸고 그 참을성은 보상을 받았다. 집에 우리 둘, 안나와 나만 남았다.

나는 부엌으로 들어갔다. 격한 감정에 떨고 있었다. 소녀가 나를 보았다.

소녀는 조용히 소리쳤다.

"무슨 일이세요? 몸이 안 좋으세요? 무슨 일이 있었나요?"

그리고 내게 달려왔다.

때가 왔다. 나는 여자의 가슴을 세게 움켜잡았다. 숨을 몰아쉬며 여자를 흔들었다. 여자의 얼굴에 두려움이 퍼졌다.

"뭐예요, 뭐 하시는 거예요!"

소녀가 겁에 질려 물었지만 나는 대답하지 않고 여자의 윗옷을 잡아 찢었다.

여자는 비명을 질렀다.

"입 다물어!"

내가 쇳소리를 질렀다. 여자의 치마를 잡아당겨 다리 사이로 손을 넣었다. 여자는 몸이 굳어지더니 나를 때리고 양 손을 내 어깨에 버티면서 나를 밀어내려고 애썼다. 분노가 치솟아서 나는 주먹을 꽉 쥐고 여자의 얼굴을 때렸다.

"가만히 있어!"

나는 명령했고 갑자기 여자의 코에서 흘러내리는 피를 보았다. 나는 여자의 얼굴 쪽으로 돌연히 몸을 굽혀 피를 핥았고 동시에 내 손은 여자의 다리 사이에서 목적지에 닿았다. 그러나 그 동안 여자는 쉬지 않고 격렬하게 저항했다.

여자가 갑자기 저항을 그만두고 현명한 쪽으로 생각을 돌린 것 같아서 나는 잠깐 여자의 코에서 흘러나오는 피를 핥던 것을 멈추고 쳐다보았다. 그때 여자가 팔을 휘둘러 내 눈을 때렸다.

얼마나 아팠던지!

여자는 이런 짓을 하면 안 된다! 나는 무자비하게 여자를 양손으로 눕히기 시작했고 옷을 한 조각씩 찢어냈으며 여자는 부어오른 입술로 도움을 청했다.

갑자기 여자는 내 앞에 알몸이 되어 있었다. 더 이상 멈출 수가 없었다. 여자를 세게 때렸더니 비틀거리다가 바닥에 쓰러졌다. 나는 즉시 여자 위로 올라갔다.

그러나 여자는 계속 비명을 지르며 저항했다.

나는 여자가 반항하는 걸 더 이상 참아줄 수 없었고 갑자기 빌헬름이 돌아와서 내 즐거움을 헛수고로 만들 것 같아서 겁이 났다. 게다가 눈이 붓는 게 느껴졌고 무지무지하게 아팠는데 이건 다 여자 탓이었다.

여자가 내 아래 누워 있게 되자 나는 양손으로 여자의 머리를 세게 잡고 온 힘을 다해 마룻바닥에 쩧기 시작했다. 여자는 몇 번 더 몸을 일으켜 저항하려 했으나 그러다가 갑자기 움직이지 않게 되어 이제는 완전히 무기력하게 누워 있었다. 확실히 하기 위해서 몇 번 더 때린 뒤에 고분고분해졌다는 사실에 만족하며 마침내 나는 욕망을 채웠다.

그리고 나는 일어나서 여자에게 명령했다 — 이제 일어나, 누가 보기 전에!

여자는 꼼짝도 하지 않았다.

발로 찼지만 거기에도 반응하지 않았다.

뭔가 예감을 느끼며 나는 여자 위로 몸을 굽혀 꼼꼼하게 들여다보았다.

의심의 여지가 없었다! 도살당했다!

얼마나 우연찮은 행운인가! 욕망을 채운 데다 고기까지 얻은 것이다!

나는 한 순간도 망설이지 않았다. 즉시 식탁에서 칼을 가져다가 여자의 몸에서 충분히 한 조각 잘라냈다.

신선한 날고기가 입안을 가득 채웠다.

이 맛이라니! 이런 기쁨이라니!

목이 막혔다, 고기에 목이 막히면서도 나는 허겁지겁 고기를 삼켰다. 이렇게 많은데 뭣 하러 아끼겠는가!

갑자기 나는 불안해졌다. 누군가 나를 보고 있다는, 누군가 나를 관찰한다는 느낌을 받았다.

나는 문 쪽을 돌아보았다.

빌헬름! 여자의 아버지다! 눈을 사납게 치켜뜨고 서 있었는데 그 눈에는 흔치 않은 위협이 담겨 있었고, 내 행동을 관찰하고 있었다.

나는 먹기를 그쳤다.

그 순간 거대한 남자의 가슴에서 무시무시한 울부짖음이, 잔혹한 고통의 울부짖음이 울려 나왔다. 그것은 내게 무의미한 행동으로 보였다. 어쨌든 그를 도살한 것도 아니고 그의 몸에서 고기를 잘라 낸 것도 아니지 않은가.

정착지 거주자들이 이쪽으로 달려오기 시작했다. 그들은 한 마디도 하지 않고 믿을 수 없다는 표정으로 자기들 눈앞에 펼쳐진 광경을 관찰했다. 그러나 그 믿을 수 없다는 표정은 즉시 분노와 증오로 바뀌었다.

나는 겁에 질렸다. 도살당하는 것인가!

빌헬름이 가슴을 쳤다. 그는 미친 사람처럼 내게 달려들어 강력한 손으로 망치질하듯 나를 때렸다. 곧 다른 사람들이 그를 돕기 위해 달려들었다.

이 사람들과 함께 있으면 위험할 일이 없을 것이라는 확언에도 불구하고 나는 다시 위험에 처해 있었다. 불의와 기만의 희생자가 된 것이다.

나는 팔로 얼굴을 가렸지만 불쌍한 내 몸은 끊임없이 상처에 노출되어 있었다. 그들은 무자비하게 나를 때렸다. 발로 차서 나를 집 앞으로 쫓아내고는 그곳에서 더 때렸다! 이미 몸에 성한 곳이 한 군데도 남지 않았는데, 사람들은 갑자기 명령이라도 받은 듯이 멈추었다.

나는 힘들게 몸을 일으켰다. 고통의 눈물과 피로 나는 온통 범벅이 되어 있었다.

그들은 무서운 눈길로 말없이 나를 쳐다보았다. 그때 빌헬름이 굳어진 얼굴로 천천히 위협적으로 손을 들어 저 쪽, 며칠 전에 그가 도시가 있는 곳이라고 말한 방향을 가리켰다.

그러자 나머지도 그를 따랐다. 나를 내쫓는 것이었다.

그래서 나는 돌아보지 않고 떠났다. 온 몸이 거대한 상처같이 아파왔지만 서둘렀다. 두려움과 그들의 증오에 나는 쫓겨 갔다.

나는 생각을 집중할 수가 없었고 오직 한 가지만을 열망했다 — 가능한 한 빨리, 정착지 거주자들의 위협을 받지 않는 도시에 도달하는 것이다.

나는 하루 종일 걸었고, 발이 걸려 넘어져도 걸음을 멈추지 않았으며 밤새도록 걸어서 새벽녘에 도시의 윤곽을 눈앞에 보면서 여전히 걷고 있었다.

나는 도시의 가장자리에 들어섰을 때, 저 멀리 처음으로 집들이 보이기 시작했을 때에야 멈추어 섰다. 더러운 돌 위에 몸을 눕히고 위험에 신경 쓰지 않고 잠이 들었다.

깨어났을 때는 이미 사방이 어두웠다. 나는 고통 속에서 어느 우물가로 기어가서 물로 배를 채우고 가장 심한 상처를 닦아냈다.

정착지 사람들은 이제 더 이상 위협이 되지 않았다!

그러나 이제 도시에서 나는 어쩌면 좋단 말인가 — 내게 무슨 일이 생길 것인가…….

경찰에게 다가가서 내 경험을 진술하고 정착지에 복수를 할 수만 있다면. 나는 정착지에서 지내보았다. 모두들 평온하게 잠든 밤에 공격하면 쉽다고 말해줄 수 있었다!

하지만 어떻게 그렇게 할 것인가 — 경찰에게 직접 말을 거는 행위가 즉각적인 도살을 의미한다는 건 기정사실이지 않은가.

그리고 나는 다시 한 번 예전에 내가 거주권을 가지고 있었던 벽돌집이 무너졌을 때 나를 도와준 남자, 그 당시에 내가 불법 도살

일을 해 주었던 남자, 얼마 전에 도움을 청했을 때 나를 쫓아냈던 남자, 나를 쫓아냈지만 제거하지는 않은 남자를 떠올렸다!

다시 한 번 그 남자를 찾아내는 건 어떨까. 그는 권력을 가졌으니 분명히 내 정보를 적절하게 활용할 방법을 알 것이다. 그런 식으로 나의 능력을 보여주면 어쩌면 자기 집의 고용인으로 나를 받아줄지도 모른다!

나는 결정했다.

다시 한 번 그에게 가서 행운을 찾아보자!

나는 동틀 녘까지 기다렸다가 시내 중심가 방향으로 계속 걸었다. 얼마 전에 쫓겨났던 그 집 앞에 도착하기까지 시간이 오래 걸렸다.

나는 말라비틀어지고 지쳐 떨어진 채로 남의 눈길을 끌지 않기 위해 거리를 이리저리 걸으면서 혹시 그 남자가 보이지 않을까 계속 기다렸다.

그러나 그날 나는 운이 없었고, 심지어 다음 날도 그랬다. 밤이 되면 힘들었는데, 왜냐하면 다시 굶주림이 나를 쥐어짰기 때문이다.

그와 마주칠 것이라는 희망을 거의 잃었을 때, 사흘째에 나는 남자를 보았다.

남자가 나타났을 때는 거의 황혼이 내려 있었다. 그는 혼자 걷고 있었고 마지막으로 보았을 때보다 훨씬 더 안 좋아 보였으며 남의 눈길을 끌고 싶어 하지 않는다는 걸 확연히 알 수 있었다. 그의 곁에는 하인들이 보이지 않았다.

그러나 그를 보았을 때 나의 반가움은 그 무엇으로도 망칠 수 없었다! 어떻게든 그가 나를 자기 고용인으로 받아들이게 해서 그의 도움을 받아 저 정착지가, 그리고 어쩌면 다른 모든 정착지도 절멸되도록 해야 한다! 그의 도움을 받으면 나는 성공할 수 있을 것이다. 어쩌면 그의 하인이 될 수 있을 뿐만 아니라 도시를 위해 나낸 나의 봉사정신 덕분에 그가 가지고 있었던 것 같은 권력을 잡게될지도 모른다. 나도 다른 사람들보다 더 많은 카드를 가질 수 있을지 모른다.

벌써 내가 일급실에서만 카드를 고기로 바꾸는 모습을, 방금 도살당한 신선한 고기로 가득한 크지 않은 실내를 걸어 다니는 모습을 상상해볼 수 있었다!

나는 재빨리 남자를 뒤따라갔다. 그러나 그는 나를 놀라게 했다. 자기 집으로 들어가지 않고 그곳을 지나가면서 집을 한 번 쳐다보기만 했을 뿐인데, 그 시선에는 비탄과 슬픔이 묻어 있었다.

원한다면 마음대로 쳐다보라지, 나는 남자와 이야기를 할 것이다!

나는 몰래 그에게 다가가서, 근방에 경찰이 보이지 않았기 때문에 그의 주의를 끌었다.

남자는 나를 쳐다보더니 두려움과 증오로 눈을 크게 떴다. 나는 이제 사람들에게 이런 것 외에 다른 반응은 불러일으키지 못하는 걸까 — 어째서 이렇게 행동하는 걸까.

어떻게 된 일인지, 최소한 지금 경우에 대한 해명은 얻을 수 있었다.

남자는 조용히 속삭이는 목소리로 나를 쫓아버리려 했으며 나중에 내가 그를 마지막으로 찾아냈을 때 이후로 무슨 일이 일어났는지 들려주었다.

내가 그를 찾아갔었다는 사실을 경찰이 알게 되었다 — 분명 하인들 중 누군가 배신했을 것이다. 남자는 가장 큰 위험에 처해 있었다. 그러나 도살당할 위기에 처했다는 것을 제때 알아내서 그는 경찰이 찾아오기 전에 집을 떠났다. 지금은 다른 모든 사람과 똑같이 불쌍한 처지에 놓여 있다. 거리를 헤매 다니고 있었고, 내게 원하는 것은 오직 한 가지였다 — 다시는 그의 앞에 나타나지 않는 것이다. 왜냐하면 나는 그에게 또 다시 불행을 가져올 것이기 때문이다.

이런 기회라니! 그러니까 그는 경찰에게 수배당하는 몸이고 경찰로서는 분명 나보다는 그를 찾아내는 일이 더 중요할 것이다! 만약에 내가 그를 붙잡아서 경찰에게 넘긴다면, 어쩌면 도시 바깥에서 정착지의 상황이 어떤지 진술할 수도 있을 것이고 그러면 얼마나 쉽게 정착지들을 절멸시킬 수 있을 것인가!

나는 망설이지 않았다. 곧 이전의 잘못을 만회할 수 있으리라는 생각에 의기양양해져서 나는 갑자기 남자에게 달려들어 세게 붙잡았고 남자가 몸을 빼내 도망치려 애썼지만 놓아주지 않았다.

경찰의 발소리가 들리기까지는 오래 걸리지 않았는데, 이번에 나는 그 발소리를 몹시 기다리고 있었다. 나는 남자를 더 세게 잡았다. 그도 또한 빠르게 다가오는 저 발소리를 누가 내는 것인지 알고 있었고 더 격렬하게 저항했는데 — 그 순간 모퉁이를 돌아 빨간 제복을 입은 경찰이 나타났다.

경찰은 우리를 보자마자 눈 깜짝할 사이에 우리 쪽으로 다가왔다. 나는 즉시 남자를 놓아주었고, 세게 떠밀어서 남자는 넘어졌다. 그러나 남자는 곧 일어나서 도망치려 했다. 그 순간 첫 번째 경찰이 그의 몸에 창을 찔렀다.

얼마 뒤에 나의 상대자는 도살당했다!

이제는 경찰에게 내 경험을 전부 진술할 수 있도록 시간이 충분히 많이 있으면 된다. 어쨌든 이렇게 중요한 경우에는 내 말을 들어

주어야만 하는 것이다!

그러나 나의 예측은 얼마나 틀렸던지!

내 쪽을 향해 오는 첫 번째 창을 본 순간 무슨 일이 벌어질 것인지, 무엇으로부터 도망칠 수 없는지 깨달았다!

그리고 내 몸으로 첫 번째, 두 번째, 세 번째 창이 뚫고 들어오는 것을 느꼈다. 입안에 내 피의 맛이 느껴졌다.

그것이 내가 경험한 마지막 순간이었다. 나는 눈앞의 미래를 확실하게 보았으며 분명 얼마 지나지 않아서, 언제나 갈망했듯이 시장의 일급실에 있게 될 것이라는 사실을 알았다.

완전히 확신할 수 있었지만, 그러나 나는 그 사실이 전혀 기쁘지 않았다.

당신 삶의 마지막 안식처, 인육 시장

1. 인육

'식인'에 관한 사건들이 국내외를 떠들썩하게 했던 것이 바로 얼마 전의 일이다. 플로리다 주의 마이애미에서 한 남자가 아무 이유 없이 노숙인을 공격하여 얼굴을 물어뜯은 사건을 시작으로 미국 곳곳에서 유사한 사건이 줄줄이 보도되었다. 텍사스에서도 비슷한 일이 벌어졌으며 메릴랜드 주에서는 대학생이 룸메이트를 죽여 뇌와 심장을 먹기도 했다. 미국뿐만 아니라 캐나다에서도 한 남성이 애인을 죽여서 시체 일부를 먹는 사건이 일어났다. 마이애미 사건이 최초의 식인(미수) 사건으로써 세간에 충격과 공포를 불러일으켰다면 캐나다 사건은 그 정황이 몹시 센세이셔널하여 현지에서 대단히 크게 보도되었다. 캐나다 식인 사건의 범인인 남성은 포르노 스타 출신이며, 그가 살해한 애인은 중국 국적자인데 같은 남성이었다. 그리고 범인은 시체 일부를 먹은 후에 남은 시신을 토막 내어 여행 가방에 넣어서 캐나다 곳곳으로 보냈고, 특히 피해자의 한쪽 손과 발을 캐나다 총리에게 보낸 것으로 알려졌다. 게다가 범인은 국외로 달아나서 프랑스 파리에서 목격되는 등 사건이 국제적인 추격전의 양상을 띠기 시작했고, 결국 이 남성은 독일 베를린에서 검거되었다. 앞서 말한 소위 '플로리다 좀비인간' 의 경우 '배스솔트' 로 알려진 신종 마약을 복용하여 환각 상태에서 범행을 저지른 것으로 알려졌으나 캐나다 사건의 경우는 범행의 원인이나 동기조차 정확히 밝혀지지 않았다.

이런 사건들로 북미 대륙과 유럽까지 떠들썩해지기 바로 얼마 전에 국내에서는 수도권 어느 도시에서 젊은 여성이 살해당하는 사건이 일어났다. 살해당한 방식도 잔혹했고 그 과정에서 한국 사회의 부조리가 여러 모로 드러난 사건이기도 했지만 무엇보다도 수백 토막으로 깔끔하게 잘려진 피해자의 시신이 살점만 발린 채 일정한 분량대로 비닐 주머니에 나누어 담겨 있었다는 사실이 여러 사람의 의혹을 불러 일으켰다. 처음 범행을 저지른다는 사람이, 그것도 혼자 사는 남성이 그렇게까지 전문적인 솜씨로 시신에서 능숙하게 살만 발라내어 분량까지 정확히 맞추어 비닐 주머니에 포장해둔 것은 시신을 유기하기 위해서가 아니라 인육을 팔기 위해서가 아니냐는 것이었다. 범인은 붙잡혔고 사형을 선고받는 것으로 재판도 끝났으니 사건은 완전히 종결되었다. 그러나 인육 판매에 대한 의혹은 지금껏 풀리지 않았다. 오히려 수사 과정에서 드러난 여러 가지 다른 정황들 때문에 의혹은 점점 더 부풀어오르면서 많은 사람들의 이런저런 추측과 함께 대중적으로 막연하지만 대단히 커다란 불안감과 공포심만 불러 일으켰을 뿐이다.

이렇게 비슷한 시기에 국내외적으로 연달아 일어난 식인 혹은 식인 의혹 사건들은 신문의 사회면에서 흔히 보는 돈/원한/치정으로 인한 일반적인 살인 사건과는 본질적으로 다르다. 타인을 먹는다는 것은 먹는 사람과 먹히는 사람 양쪽의 인간성을 통째로 저버리는 행동이며 그렇기 때문에 사람이 할 수 있는 일 중에서 가장 잔혹하고 그로테스크한 행위이다. 그나마 플로리다 사건의 경우처럼 마약 때문이라거나 범인이 사건 당시 환각 상태였다는 등 뻔하긴 하지만 명확한 원인이 밝혀졌다면 다행이다. 그러나 별다른 이유 없이 우발적으로, 혹은 마음이 내켜서 타인을 죽여서 먹었다는 것은 아무리 생각해도 받아들이기 힘들다. 그리고 그렇게 '마음이 내켜서'

다른 인간의 시체를 먹고자 하는 사람들로 시장까지 형성되고 그 시장에 내다 팔기 위해 지나가는 사람을 살해해서 시신을 토막내어 비닐주머니에 포장하는 직업적이고 전문적인 인간 도축업자가 존재한다는 것은 대부분의 사람들에게 상상도 하기 싫을 정도로 무서운 일일 것이다.

그런 비인간적이고 끔찍한 상황이 일상적으로 벌어지는 세상, 인육 시장이 숨겨진 뒷세계의 전설이 아니라 사회 체제의 중심적이며 주요한 부분으로 기능하는 무시무시한 세상에 대한 이야기가 바로 마르틴 하르니체크의『고기』이다.

2. 정치 호러

이 길지 않은 작품에서 가장 중요한 공간은 '시장'이다. 그곳에서 주인공은 신선한 '고기'를 얻기 위해, '고기'를 먹으며 살아남기 위해 백방으로 노력한다. 작가는 이 '시장'이 인육 시장이며 '고기'는 사람 고기라는 것을 구구절절이 설명하지 않고 곧장 주인공의 삶으로 돌입하지만, 독자는 소설 도입부에서 바로 이 사실을 알게 된다. 이름 없는 주인공의 가장 큰 꿈은 바로 두 번째 페이지에서 드러나는데, 자연적으로 죽은 사람의 시신에서 얻어낸 썩어가는

고기가 아니라 '일급 고기', 즉 산 사람을 살해해서 떼어낸 고기를
마음껏 먹는 것이다. 주인공이 사는 세계에 다른 식량 자원은 없다.
오로지 사람 고기 — 산 사람의 고기, 혹은 죽은 사람의 고기가 있
을 뿐이다.

이런 설정을 독자는 어떻게 받아들여야 하는가? 작가는 대체 어
떤 세상에서 살고 있었기에 이런 작품을 쓰게 되었는가?

이 책이 처음 출판된 것은 1981년이었다. 그러므로 집필 시기는
그보다 더 이전이었을 것이다. 마르틴 하르니체크는 공산주의 체코
슬로바키아에서 살고 있었다. 따라서 첫 번째 가능한 해석은 이 작
품을 당시 체코슬로바키아에 대한 은유로 이해하는 것이다.

냉전 시대의 공산권 국가는 어디나 다 공산당 일당 독재가 지배
하는 전체주의 정권이었다. 시민들의 모든 생활이 감시당했고 언론
출판의 자유는 물론 생각의 자유도 없었다. 그러나 억압적인 독재
정권일지언정 거의 대부분의 공산권 국가들은 공산화 직후 짧게는
10-20년, 길게는 30-40년간 성장과 발전의 시기를 경험했다. 대표적
으로 소비에트 러시아가 냉전을 주도하며 미국과 맞먹는 세계 최대
강대국의 자리를 20세기 내내 유지했던 사실을 생각하면 된다. 소
련은 1961년에 미국보다도 먼저 인류 최초로 인간을 우주로 보낼
만큼 발전한 국가였다.

공산권의 다른 국가들도 개별적인 상황은 조금씩 다르지만 비슷한 성장과 발전의 시기를 겪었다. 왜냐하면 공산주의가 그렇게 훌륭한 제도라서가 아니라 대부분의 경우 나라가 공산화되면서 그때까지 일부 엘리트 계층에게게만 허용되었던 특권이 전국민에게 평등하게 허용되었기 때문이다. 입학 시험만 통과한다면 국가의 지원을 받아 누구나 무료로 대학 교육을 받을 수 있게 되었고 학자들은 당장 돈이 되는 결과를 내놓지 못하는 순수 학문이라도 최저 생계를 걱정하지 않고 연구에 몰두할 수 있게 되었다. 이렇게 국가발전을 위한 고상한 분야에 종사하지 않는 일반 시민들도 이전에 왕궁이었거나 귀족들만의 별장이었던 휴양지가 국유화되어 무료로, 혹은 아주 적은 입장료만 내고 화려한 여가를 즐길 수 있게 되었다. 거의 모든 공산국가에 지역마다 '문화 궁전' 혹은 '체육 궁전'이 있어 악기나 운동을 배우고 영화나 연극, 발레나 다른 예술 공연을 즐기는 등 자본주의 국가에서는 여유 있는 계층만이 향유할 수 있는 모든 종류의 문화예술을 직업이나 계층에 상관없이 모든 사람이 즐길 수 있었다. 그리고 이런 궁전 중에는 지나간 시대에 실제로 왕궁이었던 건물도 있다. 체코 프라하의 '미흐나 여름 궁전'이 그 좋은 예이다. '미흐나 궁전'은 1580년에 건축되어 프라하에서 가장 큰 궁전에 속하는데 지금은 체육 문화센터로 사용되고 있다.

1580년에 건축된 궁전이 아직도 남아 있다는 사실에서 알 수 있듯이 체코 공화국, 혹은 구 체코슬로바키아 공화국은 2차 세계대전의 피해를 비교적 덜 입고 살아남은 운 좋은 국가에 속했다. 물론 독일군의 침공을 받아 나치의 지배하에 놓이기는 했지만 바로 이웃인 폴란드만큼 나라 전체가 전방위적으로 파괴되지는 않았고 특히 건축물을 포함한 기반 시설이 그대로 보존되었다. 또한 체코는 약간 남쪽의 헝가리나 루마니아, 크로아티아처럼 나치와 연합하여 전쟁 범죄자 국가의 오명을 쓰지도 않았고 또한 그런 국가들만큼 가난하지도 않았다. (슬로바키아는 따로 나치와 연합했으며 체코는 끝까지 거부하다가 독일군에 점령당했다.) 1948년 공산화된 이후에도 체코슬로바키아는 당시 통계에 따르면 1961년부터 65년까지 4년간의 예외적인 저성장 기간을 제외하고 1970년대 중반까지 매년 5-8%씩 경제 성장을 거듭했다. 1980년대 체코슬로바키아는 공산권에서는 가장 잘 사는 나라였고 또한 공산권 국가 중에서 대외적인 채무가 가장 적은 나라에 속했다.

그러나 이 모든 역사적, 사회적 이점과 장밋빛 통계에도 불구하고 공산주의 체코슬로바키아는 객관적으로 결코 잘 사는 나라도 행복한 나라도 아니었다.

제 2차 세계대전이 발발하기 직전인 1938년, 당시 체코슬로바키아를 둘러싼 유럽 국가들의 1인당 국내총생산은 거의 서로 비슷하거나 아니면 체코슬로바키아보다 못했다. 인접국가인 오스트리아의 1인당 국내총생산은 당시 체코슬로바키아와 같은 1800달러였다. 핀란드도 1800달러, 이탈리아가 1300달러였고 남쪽의 스페인은 900달러, 그리스와 포르투갈은 800달러였다.

1990년 공산권이 전반적으로 몰락했을 당시 체코의 1인당 국민총생산은 3100달러였다. 같은 해 오스트리아의 1인당 국내총생산은 19200달러였다. 핀란드는 16100달러, 이탈리아는 16800달러였으며 2차 세계대전 직전에 체코슬로바키아 1인당 국내총생산의 절반을 달리던 스페인은 10900달러, 그리스는 6000달러, 포르투갈은 4900달러였다. 체코슬로바키아를 둘러싼 유럽의 여타 자본주의 진영 국가들이 50년 사이에 6~10배 이상 발전하는 동안 체코슬로바키아는 다른 공산권 국가들과 함께 힘겹게 겨우 한두 걸음 앞으로 나아간 것이다. 게다가 앞서 언급했듯이 체코슬로바키아는 2차 세계대전 당시에 국가적으로 기반 시설이 파괴되지도 않았고 그러므로 다른 인접 국가들처럼 잿더미가 되어버린 나라를 밑바닥부터 다시 재건할 필요가 없었다는 사실을 감안하면 1인당 국내총생산이 1800달러에서 시작하여 50년이 지나 3100달러가 되었다는 통계는 공산주의 체코슬로바키아가 그만큼 발전한 것이 아니라 주어진 모든 상황을 고려할 때 오히려 퇴보했음을 시사한다. (참고삼아 덧붙이자면 한국의 1인당 국내총생산은 1961년에 91달러로 아프리카의 우간다와 비슷한 수준이었으나 꾸준히 증가하여 1990년에는 6100 달러가 되었다.)

경제만 퇴보한 것이 아니었다. 공산주의 체제 하에서 체코슬로바키아는 나라 전체가 빛을 잃었다. 13세기, 14세기에 지어진 아름답고 유서 깊은 건물들이 가득한 수도 프라하는 이 시기에 소련식의 회색과 검은색 콘크리트 상자로 뒤덮인 어둡고 지저분한 대도시로 변모했다. 사람들은 신을 잃었고 문화를 잃었고 역사를 잃었으며, 생각과 행동의 자유를 되찾기 위해 목소리를 높이자 소비에트 러시아에서 보낸 탱크가 수도 프라하를 밀고 들어왔다. 1968년의 그 유명한 '프라하의 봄'이다. 자유가 찾아왔기 때문에 봄이 아니라, '빼앗긴 들에도 봄은 오는가'의 그 봄이었던 것이다. 이 모든 것이 공산주의 체제가 남긴 상흔이었다. 소비에트 탱크들은 1990년 공산권이 몰락할 때까지 프라하에 그대로 남아 있었다.

이 또한 체코만의 상황은 아니었다. 우크라이나와 카자흐스탄에서는 계획 경제 하에 수백만 명이 기근으로 굶어 죽었고 폴란드에서는 1980년에 계엄령이 선포되었으며 지금은 없는 나라인 구 유고슬라비아에서는 독재자 티토가 40년간 장기집권했다. 공산권 전체가 냉전시대 내내 소련, 특히 소비에트 러시아의 주도 하에 군수산업 경쟁과 중공업 중심의 계획경제에만 치중하여 일상 생활에 필요한 소비재는 만성적으로 부족해졌고 일반 시민들의 삶의 질도 이에 따라 날이 갈수록 하향곡선을 그렸으며 열심히 일을 해도 전혀 보상이 없고 조금이라도 이윤이 생기면 국가에서 모두 가져가는 시스템 때문에 아무도 일하려 하지 않고 아무도 아무 것도 성취하려 하지 않았다. 공산화 이전에는 국민 전체가 쌓아올린 부를 소수의 특권층이 누리는 체제였다면 공산화 이후에는 그 이전의 모든 세대가 피땀흘려 쌓아올린 부와 자원을 국가적으로 갉아먹는 형태가 되었다. 체코(혹은 당시 체코슬로바키아)를 포함하여 개별 국가마다 조금씩은 역사적 사회적 상황이 달랐지만 어쨌든 공산주의는 그렇게 퇴보했고 결국 몰락했다.

이러한 사실을 생각하면 『고기』의 작가가 모든 자원이 사라지고 사람이 사람을 먹어야만 생존할 수 있는 사회를 상상했던 이유를 어느 정도는 이해할 수 있을 것이다. 하르니체크가 보았던 70년대와 그 이전의 체코슬로바키아는 본래 모든 잠재력을 다 가지고 다른 이웃 국가들보다 훨씬 유리한 입장에서 출발했지만 억압적인 체제에 갇혀 폐쇄되고 정체된 채 수십 년째 앞이 보이지 않는 쇠락과 퇴보의 길로 추락하고 있는 사회였던 것이다. 이러한 맥락에서 이

소설의 배경을 이해한다면 『고기』를 정치적인 풍자, 혹은 "정치 호러" 소설로 간주할 수 있을 것이다.

3. 행동주의와 역-행동주의

그러나 이 작품이 단순히 공산주의 체코슬로바키아에 대한 정치 풍자에서 그쳤다면 공산주의도 체코슬로바키아도 존재하지 않게 된 지금에 와서 굳이 다시 꺼내 읽을 이유가 없을 것이다. 모든 가치 있는 문학 작품은 인간에 대해 이야기하며 독자에게 인간의 본질적인 어떤 부분에 대해 일깨워준다. 『고기』도 예외는 아니다. 『고기』의 주인공이 작품 안에서, 특히 충격적인 결말 부분에서 독자에게 보여주는 것은 환경과 양육과 사회화의 중요성이다. 생존을 위해 가장 비인간적인 방식으로 행동하기를 강요하는 사회에서 태어나고 자라서 그러한 행동방식을 체득하고 내면화한 인간이 결국 자기 자신을 어떤 방식으로 파괴하는지를 작품 안에서 생생하게 목격할 수 있는 것이다.

미국의 심리학자 B. F. 스키너는 1948년에 『월든 II』(Walden II)라는 소설을 발표했다. 제목에 나타난 '월든 II'는 일종의 유토피아적 공동체인데 작품 안에서 주인공인 심리학과 교수 '버리스' 는 학생 두 명과 함께 오랜 친구인 '프레이저' 가 운영하는 이 실험적 공동체를 방문하게 된다. '월든 Ⅱ' 의 운영자이자 대표자인 프레이저는 공동체가 이상적인 형태로 지속되도록 하기 위해서 돈을 사용하지 않고 대신 모든 구성원이 하루에 일정 시간 노동을 하고 수행한 노동의 종류에 따라 '포인트' 를 받게 하는 등 파격적인 여러 가지 실험을 한다. 그 중에서도 가장 문제적인 부분은 구성원들이 생활의 일부로 받아들이는 여러 가지 행동주의적 심리학 실험이다. 행동주의는 미국에서 발달한 심리학의 한 분야로 스키너가 대표적인 학자 중 하나였다. 행동주의 자체에도 여러 가지 분파가 있지만 그 중에서 스키너가 주창한 것은 소위 "급진적 행동주의" 였다. 그 골자는 인간의 행동은 주위 상황에 대한 반응이며 행동의 결과가 긍정적이면 그 행동을 계속하게 되고 부정적이면 멈춘다는 것이다. 그러므로 환경과 자극을 적당히 조절하면 인간의 행동을 통제할 수 있다는 뜻이 된다. 그렇다고 해서 스키너가 모든 인간이 속이 텅 빈 로봇이나 훈련받는 동물처럼 결과가 긍정적이면 무조건 행동을 되풀이하고 한 번이라도 나쁜 결과가 나오면 평생 다시는 그런 행동을 하지 않는다고 단정지은 것은 아니다. 스키너가 주창한 핵심은 사람의 본성보다도 환경과 조건이 인간의 행동과 반응을 결정짓는다는 것이었다.

그러므로 행동주의에 따르면 인간의 본성이 본래 선한가 악한가, 혹은 개개인이 태생적으로 '좋은 사람'인가 '나쁜 사람'인가에 대해 철학적인 논의에서 답을 얻으려 하기보다는 구체적인 계획에 따라 조건에 대한 행동반응을 바꾸는 연습을 하는 쪽에 치중하게 된다. 예를 들자면 '월든 II'에서 유토피아 공동체의 모든 어린이들은 3-4살이 됐을 때부터 목에 사탕을 걸어두고 가능한 모든 방법을 사용하여 어떻게든 그 사탕을 바로 먹어버리지 않고 오랫동안 버티는 훈련을 한다. 이것은 일종의 참을성 실험인데, 소설에 따르면 훈련을 처음 받는 아이들은 목에 사탕을 걸어주는 즉시 얼마 기다리지 못하고 먹어버리지만 훈련을 거듭하면 할수록 다른 곳을 열심히 쳐다본다거나 주변의 자질구레한 물건을 가지고 논다거나 하는 방식으로 스스로 주의를 다른 곳으로 돌리는 방법을 찾아내어 참을성 연습을 하게 된다는 것이다. 이것은 아이의 타고난 본성 자체가 착한가 착하지 않은가 혹은 아이의 성격이 본래 참을성이 있는가 없는가와는 전혀 상관이 없다. 그보다는 아이가 사탕이 먹고 싶을 때 어떤 행동을 하면 가장 효율적으로 사탕의 존재를 잊어버리고 다른데 몰두할 수 있는지 그 방법을 찾아내어 연습하고 그 연습에 익숙해지는 쪽이 더 중요하다. '월든 II'에서 소설 속 인물인 프레이저와 공동체 구성원들의 주장에 따르면 이렇게 어렸을 때부터 행동 훈련과 다른 '윤리적 훈련'을 받은 아이들은 언제나 예의바르고 상황에 맞게 현명하게 행동하며 따라서 질투도 싫증도 짜증도 이기심도 느끼지 않는 "즐거운" 아이, "즐거운" 어른으로 자라난다.

물론 이런 훈련은 그저 소설의 일부일 뿐이며 현실에 100% 그대로 적용시키기에는 상당한 무리가 있다. 그렇기 때문에 스키너는 이런 주장을 논문이 아니라 소설로 쓴 것이다. 그리고 소설 속에서 유토피아 공동체 '월든 II'의 운영자이며 '지배자'인 프레이저는 자신이 독재자로 변모하는 것은 아닌지, '월든 II'의 구성원들을 언제나 적절하게 행동하는 행복한 사람들로 훈련시키는 것이 아니라 비인간적으로 세뇌시키고 있는 것은 아닌지 언제나 스스로 회의하고 괴로워한다.

그러나 어찌 됐든 인간이 환경과 조건에 반응하여 행동한다는 명제 자체는 사실이다. 그리고 그런 개개 인간들이 행하는 일련의 행동들, 서로 주고받는 자극과 반응이 전체적으로 모여서 '문화'를 형성한다. 예를 들어 한국처럼 인간 관계의 위계질서가 확실한 문화에서는 모르는 사람끼리 처음 만났을 때 나이부터 확인하는 것이 드문 일은 아니지만, 그런 사회에서 태어나 성장해서 나이를 묻는 데 익숙해진 한국 사람이라도, 서양에 나가 처음 만나는 외국인의 나이를 물었다가 불쾌한 반응을 보고 나면 다음부터는 조심하게 되는 것이다. 이처럼 굳이 어려운 이론을 들먹이지 않더라도 살면서 본래 자신의 성격이나 성장배경과는 아무 상관 없이 좋은 뜻으로든 나쁜 뜻으로든 주위 환경에 반응하여 행동방식을 바꾸어 본 경험이 누구나 한 번쯤은 있을 것이다.

그래서 환경과 조건, 행동과 반응이다. 다 좋은데 이런 게 『고기』와 대체 무슨 상관이란 말인가?

작품의 후반부에서 주인공은 인육 시장을 중심으로 돌아가는 폭력적이고 절망적인 사회를 탈출하여 도시 경계선 바깥의 이상적인 공동체에서 지내지만, 얼마 못 가서 쫓겨나 자신이 살던 곳으로 다시 돌아와서 죽음을 맞이한다. 바깥 세상의 공동체는 선량한 사람들이 모여서 채소와 곡식을 길러 식량으로 삼으며, 아무도 서로 죽이지 않고 이웃끼리 사랑하고 도와주며 살아가는 이상적인 곳이다. 주인공은 처음에 어리둥절해 하고 아마도 끝까지 공동체 사람들을 이해하지는 못한 것 같지만 어쨌든 그 사람들이 자신을 해칠 의도는 없다는 것을 알게 되고 그곳에서 안전하고 평온하게 살아갈 수 있다는 것 정도는 파악한다.

그러나 주인공은 자신을 살려준 은인의 딸을 강간하여 죽이고 그 시신을 먹는다. 주인공은 그런 방식 이외에 타인과 교류하는 방법을 배운 적이 없으며 그러므로 다른 식으로 타인과 관계 맺을 수 있다는 사실을 알지 못하기 때문이다. 특히 주인공은 이성과 사랑이나 연애, 결혼 등의 따뜻하고 부드러운 관계를 맺을 수 있다는 사실 자체를 상상도 하지 못한다. 그가 살던 세계에서 남자는 성욕을 느끼면 마음이 내키고 상황이 받쳐주는 한 아무 여자나 덮쳐서 관계를 맺은 다음 욕구가 채워지면 버리는 것이 자연스럽게 여겨졌기 때문이다. 그리고 주인공에게 있어 타인은 근본적으로 식량에 불과하므로 강간하는 과정에서 여자가 죽었다면 신선한 고기를 낭비하기보다는 썩기 전에 얼른 먹는 것이 합리적인 행동이다.

이 모든 과정에서 작가는 주인공의 혼란과 좌절감과 기쁨, 슬픔, 분노, 두려움 등 여러 감정을 풍성하게 묘사한다. 주인공은 영혼 없는 좀비나 로봇도 아니고 환각 상태에 빠진 것도 아니다. 소설의 처음부터 끝까지 분명하게 드러나는 바, 주인공은 희로애락(喜怒哀樂)과 오욕칠정(五慾七情)을 간직한 보통의 인간이다. 그가 타인을 죽여서 먹는 것은 본성이 악하거나 성격이 비뚤어졌기 때문이 아니라 그가 살아온 환경에서 그렇게 행동하는 것이 정상이라 배웠고 유일한 생존의 방법이라고 훈련받았기 때문이다. 그리고 생의 대부분을 그렇게 행동하며 살아남았기 때문에 타인을 죽이지 않고 다른 사람의 고기를 식량으로 삼지 않아도 되는 삶이 존재한다는, 존재할 수 있다는 사실 자체를 인식할 능력을 잃은 것이다.

이런 의미에서 주인공이 바깥으로 탈출한 이후 결말까지 이어지는 후반부의 줄거리는 스키너의 행동주의에 비견할 때 말하자면 역(易)행동주의라고 할 수 있을 것이다. 주인공은 인간이지만 그가 살았던 사회는 그에게 인간이 아니기를 강요했고 주인공은 그런 환경에 오랫동안 반응한 끝에 짐승이 되어버렸기 때문이다.

『월든 II』는 미국인 심리학자가 1948년에 쓴 소설이다. 『고기』는 체코인 작가가 1970년대 언제쯤 써서 1981년에 처음 발표한 소설이다. 21세기 한국에서 살아가는 독자에게 이 모든 이론과 주장, 역사적 사회적 배경, 그리고 무엇보다도 『고기』라는 작품 자체가 대체 무슨 의미가 있는가?

『고기』는 가볍게 생각하면 가상의 디스토피아에서 주인공이 여러 가지 엽기적인 행각을 저지르면서 살아남기 위해 고군분투하는 일종의 액션 스릴러/호러처럼 읽을 수 있다. 분량도 길지 않고 작가의 문체도 단순명확하며 줄거리의 전개가 빠르고 무엇보다 일어나는 사건들 자체가 충격적이기 때문에 이런 장르를 좋아하는 독자라면 먼 나라에서 찾아온 좀 희귀한 엔터테인먼트 정도로 즐길 수 있을 것이다. 사실은 그렇게 즐기고 이 소설을 좋아해주신다면 그걸로 충분하다고 생각한다.

그러나 공산주의 체코슬로바키아에서 사회적이고 개인적인 파멸을 예감하며 폭력과 죽음이 가득한 소설을 썼던 작가와 그 역사적, 사회적 배경에서 뭔가 현재에 적용되는 의미를 찾고 싶은 독자라면 위에서 말한 환경과 조건, 행동과 반응을 생각해 보았으면 좋겠다.

앞서 말했듯이 한국은 1961년 1인당 국내총생산 91달러에서 시작해서 30년 만에 6100달러를 이루었다. 이 정도만 해도 "한강의 기적"이라고 자랑스러워할 자격이 충분하다. 그리고 지금은 1인당 국내총생산 2만달러를 훨씬 넘어 이제 3만달러 시대를 넘보고 있다. 1953년 한국전쟁이 휴전에 들어가고 잿더미만 남았던 나라가 60년 만에 세계에서 알아주는 선진국으로 변모한 것이다.

그러나 폐허에서 살아남기 위해 목숨 걸고 여기까지 뛰어오면서 한국 사회는 수없이 많은 역사적인 상처를 입었고 그 상처들은 깊은 흉터를 남겼다. 한국은 이제 잘 사는 나라이지만 현재의 한국인에게 개별적으로 물어보면 자신이 잘 산다고 확실하게 대답할 사람은 별로 없을 것이다. 무엇보다도 한국인은 행복하지 않다. 끝없이 일하면서 언제나 피곤하고 언제나 힘들고 그런데도 언제나 불안하다. 건강하고 즐거운 방식으로 놀 줄도 모르고 인생을 즐길 줄도 모른다. '기분이 나빠서' 길 가던 사람을 칼로 찌르고 대중교통에서 젊은이가 노인을 폭행하거나 반대로 노인이 임산부를 폭행한다. 그리고 학교에서 아이들은 자기보다 약한 아이를 괴롭히고 따돌려 때로는 죽음을 선택하도록 극한까지 몰아붙이고도 히히덕거리며 미안해하지도 죄책감을 느끼지도 않는다.

신자유주의라는 허울 좋은 이름으로 천민자본주의의 첨단에 선 오늘날 대한민국의 모습은 『고기』에 나타난 인육 시장과 크게 다르지 않다. 회사의 경영이 부실하면 일자리를 나누는 대신 '구조조정'이라는 명목으로 노동자들을 집단 해고한다. 최첨단 기술력을 자랑하는 회사에서 유독한 환경에 어린 여공들을 몰아넣고 아무 것도 모르는 소녀들이 암에 걸려 죽어가면 쓰레기처럼 내다 버린다. 힘없는 자들이 우리도 사람이라고 모여서 목소리를 높이면 공권력으로 때려잡고 짓누른다. '대한민국의 주권은 국민에게 있고 모든 권력은 국민으로부터 나온다'라고 헌법에도 명시되어 있건만 그 권력을 쥔 자들은 국민에게 봉사하는 것이 아니라 민간인을 감시하고 통제하고 사찰한다.

이 억울한 세상에서 약자들은 분노한다. 그러나 힘없는 자들은 『고기』 속 시장의 부랑자들처럼 빨간 제복을 입은 힘 있는 자들에게 직접 대항하기보다는 자기보다 약한 자를 찾아서 칼부림을 한다. 돈과 권력을 가진 자들이 철통같이 경비된 성채 속에 숨어서 '고기 카드'를 조종하는 동안 대다수의 보통 사람들은 자신이 어떤 세상에서 살고 있으며 왜 그렇게 살아야 하는지 이해하지 못한다. 그렇게 우리는 인간다운 삶에서 점점 멀어지고 있다. 타인의 살점을 뜯어먹고 그 시체를 짓밟고 서서 신선한 고기를 얻었다고 기뻐하는 주인공의 모습과 현재 우리 사회의 모습은 전혀 다르지 않다.

이것은 개인적인 도덕성이나 정신질환의 문제가 아니다. 그런 미시적인 수준의 문제로 치부하기에는 사회 전체가 너무나 거대하고 심각하게 병들어 있다. 그러나 『고기』의 주인공과 다른 등장인물들이 그러하듯이 우리는 나 혼자 살아남는 데 정신이 팔려서 근본적인 변화의 가능성은 생각조차 하지 못한다.

이제 우리는 잘 산다. 우리는 행복해도 된다. 예의바르고 친절하고 남을 돕고 보살펴주며 따뜻하고 인간다운 삶의 여유를 누려도 된다. 그런데도 우리는 아이들에게, 그리고 그 아이들의 아이들에게 자신보다 약한 사람을 죽여서 뜯어먹고 어떻게든 몸부림치며 혼자 살아남는 방법만 계속해서 가르치는 것이 아닐까? 이 사회는 인간이 아름답고 깨끗하고 행복하고 따뜻할 수 있다는 사실을, 세상이 올바르고 정의롭고 여유로울 수 있다는 가능성 자체를 알지도 못하고 인식조차 할 수 없는 인간들만 살려주고 그렇게 굶주린 짐승 같은 인간들만 계속해서 길러내고 있는 것은 아닐까?

그것이 우리가 지향하는 '인간의 본성'인가?

4. 번역자 후기와 감상

이렇게 끔찍하고 무시무시한 소설이기는 하지만 어쨌든 잘 알려지지 않은 체코 작가의 희귀한 작품을 한국에서 최초로 접한 독자이자 번역자가 되었다는 사실을 감사하게 생각한다.

『고기』에는 일반적으로 문학적이라고 여겨지는 섬세하고 깊은 묘사나 정교하고 함축적인 문장이 거의 없다. 후반부의 탈출과 귀환을 반전이라고 한다면 반전으로 볼 수도 있겠지만 그 외에는 소설의 구성이 그렇게 복잡하거나 체코의 역사 혹은 문학적인 배경을 공부해야만 작품을 이해할 수 있을 정도로 무슨 거대한 의미가 숨어 있는 것도 아니다. 그렇기 때문에 작품의 문학성이 부족하진 않을까 생각할 수도 있겠지만 번역하는 입장에서는 오히려 그 덕분에 옮기기가 비교적 쉬웠다. 다만 '시장' '고기' '푸주한' '부랑자' 등 작품 속 가상의 세계에서 사용되는 중요한 용어들을 옮길 때 뜻이 가장 명확하면서도 어감이 가장 거칠고 가장 덜 세련된 단어를 찾기 위해 고심했다. 문장도 대체로 투박한 편이고 중후반부 쯤에는 문법에 맞지 않는 부분도 종종 보였는데 이런 부분들도 굳이 미화하거나 다듬기보다는 원래의 급박한 느낌 그대로 옮기려고 노력했음을 밝힌다.

개인적으로 문학작품의 가치를 평가할 때 장식적인 문장이나 교묘하게 꾸며낸 비유 같은 것보다는 작가가 절박하게 꼭 하고 싶은 이야기를 독자를 향해 쏟아내는 힘이 중요하다고 생각하는데『고기』는 그런 절박함과 작품 자체의 강렬함이라는 측면에서 이제까지 읽어본 소설 중 최고에 속한다. 처음에 읽으면서, 그리고 뒤에 번역하면서 주인공이 배고플 때 나도 함께 배고팠고 목마를 때 나도 함께 목이 탔으며 쫓길 때는 나도 함께 두려움에 떨었다. 대체 끝이 어떻게 될지 한 페이지 한 페이지 넘기면서 너무너무 궁금했지만 다른 한편으로는 너무 무서워서 끝을 미리 볼 수가 없었다. 결말은 내가 예상했던 것보다 훨씬 무자비했는데 그야말로 줄거리에 딱 어울리는 결말이라서 모두 읽고 나서는 기묘한 만족감(?)마저 느끼기도 했다.

주인공이 도시 경계선 너머의 세상으로 탈출하여 유토피아 공동체에서 지내는 부분은 앞에서 길게 이야기했듯이 환경과 그에 대한 인간의 반응이라는 관점에서는 여러 가지로 흥미롭지만 사실 소설의 구성 측면에서 보았을 때는 그다지 권장할 만한 전개가 아니다.

배고픔에 쫓기면서 사람 고기를 먹을 수밖에 없는 주인공의 상황이 그토록 절박하고 그토록 강렬한 이유는 주인공이 달리 도망칠 곳이 없이 극한에 몰려 있기 때문이다. 그러므로 그 극한상황을 '자기도 모르는 사이에' 쉽게 탈출해서 전혀 다른 유토피아에서 깨어난다는 식으로 이야기가 전개되면 '깨어나보니 꿈이었다'와 거의 마찬가지 수준으로 작품 전체에서 김이 빠져버리게 마련이다. 그러나 계속 끝까지 밀고 나가서 다 읽고 다 옮긴 후에 다시 한 번 찬찬히 들여다보면서 수정하는 과정에서 나는 작가가 그런 위험을 감수하면서까지 도시 경계선 바깥의 전혀 다른 세상에 대해서 이야기한 것은 필력이 모자랐거나 구성상 실수한 것이 아니라 의도적이었을 것이라고 확신하게 되었다.

작품 안에서 주인공은 도시 바깥의 공동체가 더 평온하고 더 편안한 환경인데도 적응하지 못하고 결정적인 순간에 본래의 야만적인 모습으로 돌아와 버린다. 그리고 유일한 구원의 손길을 스스로 망가뜨리고 본래의 지옥 같은 세계로 돌아와서 허무하고 끔찍한 죽음을 맞이한다. 그 피도 눈물도 없는 전개가 자칫 허무해질 수 있었던 후반부의 유토피아 공동체 이야기를 충분히 보완해준다. 결코 평범하지 않은 내용도 내용이지만 그렇게 한 발 헛디뎌 실망스러워질 뻔했다가도 대단히 설득력 있는 과정을 거쳐 자연스럽게 원래 궤도를 되찾는 구성 또한 읽으면서 상당히 인상적이었다. 이 거칠고 아슬아슬하고 언뜻 조잡해 보이는 구성과 아무렇게나 나오는 대로 내뱉은 듯한 문장들이, 사람을 죽여 인육을 먹는다는 소재와 디스토피아라는 주제와 기묘한 방식으로 전부 완벽하게 맞아떨어진다고 생각한다. 하르니체크는 문학 창작을 전공하지도 않았고 인문학 교육을 깊이 받은 사람도 아니지만 바로 그렇기 때문에 이렇게 다듬지 않은 원석 같은 거칠고 강렬한 작품을 써낼 수 있었을 것이다.

이 작품은 주한 체코대사인 야로슬라프 올샤 주니어(Jaroslav Olša, jr.) 대사님이 권해 주셨다. 2년쯤 전에 어떤 학회에서 발표를 하게 되었는데 내 바로 다음 차례가 올샤 대사님이었다. 그때 대사님을 처음 뵈었는데 발표가 무척 재미있었기 때문에 끝나고 나서 잠깐 대화를 나누었다. 그리고 얼마 뒤에 대사님께서 덜컥 이 책을 보내주셨다. 나 같은 사람이라면 '어쩐지 좋아할 것 같다'는 것이 무작정 책을 보내주신 이유였는데 작품의 내용을 생각하면 칭찬인지 욕인지 아직도 잘 모르겠다. 어쨌든 읽어보니 재미 있어서 나도 덜컥 번역을 했다.

작품이 길지 않아서 번역하는 데는 시간이 얼마 안 걸렸지만 그 뒤가 고난의 시작이었다. 원작자 마르틴 하르니체크가 20년 넘게 행방불명이었고 사실 죽었는지 살았는지도 불분명했기 때문이다. 그리하여 원작자를 찾아나서는 모험이 시작되었다.

이 스릴 넘치는 추적은 전부 올샤 대사님께서 하신 일이고 나는 이후에 과정을 전해듣기만 했기 때문에 역자 후기에 마치 내 이야기처럼 써도 되는지는 잘 모르겠다. 본인은 번역만 했을 뿐 원작자 찾는 데는 아무 도움이 되지 않았음을 밝히는 바이다.

어쨌든 올샤 대사님의 이야기에 따르면 작품이 캐나다 토론토에서 처음 발간되었기 때문에 토론토의 출판사와 함께 혹시나 싶어 프라하의 다른 출판사에도 연락했으나 양쪽 다 원작자의 행방은 20년째 불명이라는 답변만 들었다. 그 과정에서 원작자의 여동생이 역시 캐나다에 살고 있다는 불확실한 소식을 들어서 그쪽으로 연락해보는 한편 원작자의 아들로 보이는 사람이 독일에서 살고 있을지 모른다는 소식을 듣고 원작자가 이미 사망했을 가능성도 염두에 둔 채 독일에도 수소문을 했다. 그렇게 해서 돌아돌아 찾아낸 원작자 하르니체크는 독일에서 멀쩡하게 살아 있었다. 그러나 한국에서 책을 번역 출간하려 한다는 소식을 듣고 자신은 이제 출판계와는 인연을 끊고 싶으니 로열티를 받지 않겠다고 거절했다. 다만 한국어로 된 자신의 책은 보고 싶으니 책이 나오면 독일로 보내달라는 것이다. 여러 모로 비범한 인물이다. 어쩐지 좀 무서운 분일 것 같아서 직접 만나뵙고 싶다는 생각은 선뜻 들지 않지만 드디어 한국어 번역본을 전달해드릴 수 있게 된 것은 진심으로 기쁘게 생각한다.

또한 원작을 덜컥 보내주셨던 올샤 대사님과 이런 끔찍한 이야기를 출간하기로 용단을 내려주신 행복한 책읽기 대표님과 편집부 여러분들께도 감사의 마음을 전한다. 독자 여러분께 인간의 혹은 인생의 어떤 이면을 거리낌없이 내보여주는 강렬한 작품으로 남았으면 좋겠고, 그렇지 않더라도 최소한 인상에 남는 특이한 작품으로 기억되기를 바란다.

2012년 여름
번역자 정보라

체코 문학 혹은 모든 문학의
가장 무자비한 안티유토피아

아마도 거의 모든 것이 상상되고 시도된 문학에서 새로운 생각을 떠올린다는 것은 쉬운 일이 아니다. 거기다 책 전체에서 이런 생각을 유지해야 한다면 말이다. 이런 책이 이미 첫 눈에 — 서점의 다양한 책들 속에서 — 다른 모든 것들과 구별해야 한다면 더 그럴 것이다. 당시 체코슬로바키아에서 공산주의 시대가 막을 내린 지 겨우 1년이 된 해인 1991년 초에 서점의 선반에 이런 책이 나타났다. 미국식 페이퍼백의 책 형태가 유행하기 시작했던 시기에 서점의 선반과 진열장에 간단히 말해 다른 출판물에 끼지 않는 책이 등장했다. 대부분의 책들이 화려하고 현란한 사실주의적 표지와 작은 형태의 아름답고 밝은 종이로 독자들을 유혹할 때, 『고기 Maso*』는 나무질감의 거칠고 누런, 어떻게 보면 예술적이지 않은 그런 종이에 출간되었다. 그 책은 다른 모든 책보다 더 크고 넓었고 첫 눈에 정말로 미완성인 것처럼, 인쇄소가 분명히 부주의하게 — 아래는 넓고 위는 좁은 — 터무니없는 형태로 책을 자른 것처럼 보였다.

이 책은 단두대의 칼날이었다. 비뚤어진 테두리 모양의 책은 전 시대를 거쳐 가장 치명적인 사형집행 기구 중의 하나였다. 물론 단지 이런 평범하지 않은 모양만이 최근까지 접근하기 어려운 것을 열망하고, 상업문학 중 새롭게 발견한 미국 작품들에 대해 열망하는 잠재적 독자들에게 거부감을 갖게 만든 것은 아니다. 책은 익숙하지 않은 서체로 인쇄되었고 더욱이 각각의 페이지마다 붉게 흘러내린 얼룩들(문학의 피)이 경우에 따라 가볍고 쉬워 보일 수도 있는 책 읽기를 방해했다. 물론 책에 있는 상징적인 피는 첫 눈에도 그렇지만 이 소설 속에서도 온통 흘러넘친다. 유니크한 문학적 사고와 함께 마르틴 하르니체크(Martin Harníček)는 마침내 그의 독자들을 설득시키는데 성공했고(물론 그의 책을 손에 들고 읽을 용기가 있을 때 말이다) 도살장으로 비교될 수 있는 가상의 퇴폐한 세상의 묘

* maso는 체코어로 '고기' 라는 뜻이다.

사를 통해 독자를 사로잡았다. 하르니체크 주인공의 세계의 중심은 언제든지 도축한 신선한 인간의 고기를 살 수 있고 계속 인간들이 도살되는 시장이라는 세계이다.

세상의 단조로운 법칙의 느리고 단순한 묘사는 하르니체크 산문의 핵심이다. 원하는 사람은 고기가 주체도 되고 객체도 되는 위협적인 장소로 나아갈 수 있다. 여기서 모든 것에, 동시에 유일하게 관건이 되는 원칙은 전체주의의 알레고리를 채우는 것이고 당연히 하르니체크는 정치적인 암시와 함께 놀이를 하고 있다. 그리고 놀랄게 없다. 그 자신의 인생 경험과 전체주의적 공산정권에서의 30년 삶은 끔찍한 안티유토피아로 탈바꿈했다.

1952년, 마르틴 하르니체크는 유명한 체코 연극인 집안에서 태어났고 그의 어머니는 그렇게 알려지지 않은 배우였으며 아버지는 프라하 소극장에서 행정 일을 했다. 프라하에서 그가 자란 환경은 그 당시 통치했던 공산정권에 대항하는 온상이었고 게다가 그는 성인이 되는 성장기에 소위 '프라하의 봄'이라는 시기를 겪었다. 프라하의 봄 때 모든 사회는 대부분 공산주의 정권이 개혁되리라 여겼다. 그때 그는 16살이었고 이런 유형의 모든 희망이 소비에트의 탱크에 의해 산산이 부서졌다. 탱크들은 소비에트 블록의 다른 연합

군을 선두로 1968년 8월 체코슬로바키아에서 상대적으로 짧았지만 자유를 가졌던 시기를 종결시켰다. 그가 학업을 계속할 기회는 매우 적었고 그래서 그는 시도하지도 않았다. 게다가 그는 체코슬로바키아 반체제에 연관했고 지하출판의 배포를 도왔다. 그리고 그는 체코슬로바키아에서 인권과 자유를 보장하지 않는 공산주의 권력을 비판했던 선언이자 체코슬로바키아와 체코공화국의 첫 민주주의 대통령이자 문학가이고 자유특사였던 바츨라프 하벨이 공포했던 기본 선언문인 77헌장에 용기 있게 서명했다.

공산정권에서 77헌장에 서명했다는 것은 모두에게 직업적인 자살을 의미했다. 남자로서는 흔하지 않게 보건 전문 고등학교 졸업생인 하르니체크가 70년대 말부터 단지 보조간호사나 프라하 병원과 정신병동으로 유명한 보흐니체 병원에서 의료보조사로 일했다는 것은 놀랄 일이 아니다. 하지만 그는 동시에 저술을 했다. 젊었을 때는 — 그가 더 나이 들어 말했듯이 — 유치하다고 할만한 오 헨리(O' Henry) 스타일의 유머러스한 단편소설을 썼다.

그러다가 모든 것이 변했다. 아마도 유일하게 발표된 인터뷰에서 그는 자신의 다음 창작에 대해 다음과 같이 말한다. "내 문학의 숙성 기간에 누굴 바라봤었는지 잘 모르겠으나 아마도 레이 브레드버리(Ray Bradbury)와 A. 헉슬리(Aldous Huxley)와 헨리 밀러(Henry

Miller)가 내게 영향을 줬던 것 같습니다. …… 그리고 하루는 책상에 앉아 얼빠진 단편 몇 편을 썼는데 제 마음에 들었습니다. ……"
그 작품들 중 몇 편은 체코 삽화가들과 작가인 카렐 트린케비츠 (Karel Trinkewitz)의 마음에 들었고 당시 하르니체크는 "훌륭하지 않다면 적어도 유일한 것을 쓸 겁니다"라고 결심했다. 며칠 걸리지 않아 그가 오랫동안 생각했던 작품『고기』가 그렇게 탄생했다. 30년이 지난 지금까지 하르니체크 스스로도 어디서 그런 무시무시한 환상을 끌어냈는지 모른다. 그러나 한 가지 분명한 것이 있다 — 아마도 세계 문학의 가장 잔인하고 노골적인 안티유토피아가 탄생했다는 것이다.

『고기』를 제외하고 하르니체크는 유사한 정치적인 내용을 담은 얇은 중편소설 두 편만을 출간했다. 그의 두 번째로 유명한 중편소설『알빈』에서는 괴상하게 일그러진 전체주의 세계에서 공산주의 거물의 성장과 파멸을 이야기한다. 바로 이 두 편이 지하출판의 경계를 넘어선 첫 작품들로, 국내에서 퍼져나갔고 타자기로 옮겨 쓴 책들은 불법적으로 해외로 번져갔다. 밀반출된 지하출판물들 중에서 바로 두 작품을 가장 저명한 체코 망명 작가이자 출판인이었던 요세프 슈크보레츠키(Josef Škvorecky)가 주목했고 1981년에 캐나

다의 토론토에 있는 자신의 '68출판사'에서 그 작품들을 출판했다. '슈크보레츠키가 출판한다는 것'은 큰 영광을 의미했다. 하지만 그것은 공산주의인 체코슬로바키아 안에서 합법과 비합법 사이의 경계에 있던 삶의 종지부를 의미하기도 했다. 작가는 두 개의 가능성 ─ 공산주의 감옥과 조국으로 돌아올 가능성을 배제한 자유 의지에 의한 이주 ─ 중에서 두 번째를 선택했고 당시 서독에 뿌리를 내렸으며 이로서 『고기』의 캐나다 출판 후에 2년여의 마르틴 하르니체크에 대한 경찰 추적이 끝이 났다. 그는 서독의 다양한 병원에서 일했고 최근 몇 년은 노인심리치료사로 일했다. 문학으로는 단 한 번 중편소설 『벨벳 영웅』(2001)으로 돌아온 적이 있지만 주목 받지 못했다.

체코에서는 마르틴 하르니체크의 작품들에 대해서 아주 적은 수의 사람들만이 알고 있고 그의 책은 항상 다른 것들의 소용돌이 속에서 그저 사라져갔다. 『고기』의 첫 토론토 출판은, 체코슬로바키아에서 공산주의 정권의 억압이 최고조 시기였고 해외에서 출판된 망명문학의 저서가 반입되기 매우 어려웠던 1981년에 이루어졌다. 그래서 책은 국내에서는 단지 운이 좋은 몇 명만의 수중에 들어갈 수 있었고 그들의 거부감은 ─ 첫 눈에 ─ 적은 수의 폐쇄적인 독자들에게도 받아들여지지 않았다. 그리고 유사하게 민주주의 체코슬로바키아에서도 유리하지 않은 순간에 공식적으로 처음 출판되었다. 『고기』는 당시 새로 생겼고 별로 알려지지 않았던(물론 지금은 널리 인정받고 유명한) 출판사인 브르노의 '호스트(Host)' 출판사에서 출간되었다. 그러나 단두대의 칼날이던 이 책은 1991년 다시 체코 독자들 사이에서 사라졌고 마르틴 하르니체크는 오늘날에도 많은 문학 대중에게는 체코문학의 알려지지 않은 인물이다.

하지만 『고기』는 자신의 독자를 찾을 줄 알며, 이는 하르니체크가 거의 30년을 살고 있는 독일에서 세 차례 출간되었고 폴란드어와 프랑스어로 성공적으로 번역되었다는 것을 통해 알 수 있다.

여하튼 몇몇 체코 독자들은 『고기』를 놓지 못한다……. 『고기』를 읽은 사람들은 이 책을 잊어버리기 어렵다…….

나 또한 80년대에 이미 이런 류의 사람들에 속했다. 독서 후에 "굶주림이 배를 쥐어짰고 열이 나서 몸이 떨렸다"라는 하르니체크의 말을 나는 오늘날까지 기억한다.

야로슬라프 올샤. jr.(주한 체코대사) 쓰고

유선비(한국외대 체코어과 교수) 옮김